Fabulae Aesopiae

Phaedrus

罗马人的伊索寓言

[古罗马] 菲德鲁斯 著
谢品巍 译

北京理工大学出版社
BEIJING INSTITUTE OF TECHNOLOGY PRESS

版本说明

本书根据哈佛大学出版社 1965 年出版的洛布丛书（The Loeb Classical Library No.436）：《巴布里乌斯和菲德鲁斯》（*Babrius and Phaedrus*）中菲德鲁斯部分（第 190 页—第 417 页）的拉丁语、英语双语版译出，英译者为本 · 埃德温 · 佩里（Ben Edwin Perry）；同时还参考了拉丁网络图书馆（thelatinlibrary.com）中的拉丁语版本，其书名为《伊索寓言五卷》（*Fabularum Aesopiarum Libri Quinque*）。为便于读者查阅和称引，原文的篇目编号在译文中一并保留。

此版本依据情节收录英国著名插画家理查德 · 海格威（Richard Heighway）的部分插图，理查德 · 海格威以黑白设计的伊索寓言而闻名于世，在 1894 年创作《狼和鹤》的插图。其画作，被视为欧美最珍贵的收藏品，它们的原稿在世界收藏品市场和各大拍卖行中至少价值几十万甚至上百万美元，有些则已经是无价之宝。

目　录

第一卷

第二卷

第三卷

第四卷

第五卷

佩罗蒂补遗

第一卷

开场白

作家伊索创作了这些素材，
而我则把它们变成了诗行。
这本小书伴随有双份的厚礼：
它能给读者带来欢笑，
亦能为生活示以明智的指引。
可是，假如有谁想要说它坏话，
正所谓除了野兽连树木也开口出声了，[①]
那么请他别忘了，
鄙人是在拿这些编造出来的故事取悦众人呢。

---

① 菲德鲁斯口口声声说书中有树木开口说话的情节，但现在可见到的寓言故事里并没有这类情节，后世研究者往往以此作为本书流传不全的最有力证据。——译者注，下同。

1 狼和羔羊[1]

因为口渴，狼和羔羊来到同一条河边。
狼在上游，
羔羊远远地站在下游。接着，
想要找东西吃的狼无事生非地制造出事端；
“你为什么，”它说道，“在我喝水的时候
把水弄浑？”羔羊面对它感到害怕，
“我说狼啊，我怎么能做出让你抱怨的事呢？
我喝的水是从你那里流下来的。”
面对事实无言以对的狼另外找了借口：

① 拟人化的动物形象乃是伊索寓言最为经典的特征，不同的动物指代不同类型的人。在本书故事里，狼通常是以恶人或刚毅者的面目出现的，而羊往往都是弱者或善良之人，狗则是胆小愚忠之人，驴永远是傻乎乎的形象，狮子表现的是王者，狐狸和乌鸦是精明狡猾者的形象，猿则充当过法官和君王。其他动物的形象也往往有较为固定的隐喻对象。

“就在六个月前，你曾诅咒过我。”

羔羊回答道：“那时候我都还没出生呢。”

“那就是你的老爸，”狼说，“它曾诅咒过我。”

于是它就用爪子平白无故地杀死了羔羊。

这则寓言写了出来是出于那些人，

他们想方设法，打压无辜之人。

2 青蛙寻王

在雅典，即使人们曾以平等的律法让城邦昌盛，
可不受束缚的自由仍搅乱了城邦，
放任不羁挣脱了早先的约束。
就在这时，一些人策动了政治阴谋，
僭主庇西特拉图[①]占领了城市。
那时，令人伤心的阿提卡人[②]为自己沦为奴隶而哭号，

① Pisistratus（卒年公元前528/7年），古希腊时代雅典城邦的僭主，公元前561年开始统治雅典城邦，直至去世。

② Attici，雅典人。

这并非出于僭主[①]的残暴，而是因为对那些不习惯负重的人来说，
压在身上的一切负担都是沉重的，于是它们开始抱怨，
接着，伊索讲述了这样的故事：
“畅行于无边草丛间的青蛙们，
大声呼号着要求朱庇特赐予它们一位国王，
以求他能用权力维护已遭破坏的传统。
众神之父笑着，随后给了它们
一小块木头，木头被迅速扔进了浅滩，

① 僭主是指以非法手段夺取政权者。在雅典历史上曾有两个时期是由僭主执掌统治权的：第一个是公元前 561 年（一说前 560 年）至公元前 510 年的庇西特拉图父子的僭主统治；第二个是公元前 404 年，在伯罗奔尼撒战争战败后，雅典在斯巴达的干预下由三十位大贵族共同执掌统治权，史称“三十僭主统治”，但因有违古典的民主政治，三十僭主的统治激起了广泛的不满，只持续了约八个月。但僭主庇西特拉图的统治却属温和的开明政治：他仍保留了公民大会和议事会，并设立了巡回法庭以方便普通民众告状，另外还给无地的贫民分发土地，这类施政措施让他得到了底层民众的支持，因而庇西特拉图亦能在后世史家笔下得到些许肯定的评价，正因如此伊索才在这则故事里教导大家容忍这位僭主的统治。

R H

激起的波动和响声惊吓到了青蛙们。
它们没入泥浆很长时间，
直到一只青蛙鼓起勇气悄悄从水潭探出脑袋，
它将国王打量一番后将青蛙全都唤了出来。
它们不再恐惧，而是争先恐后地游了过来，
随后那只青蛙跳了上去，在木块上兴奋地玩耍。
青蛙们竭尽所能侮辱这片木块，
就在这种情况下，它们来到朱庇特面前，要求换一位国王，
因为它们现在得到的这位毫无用处。
于是，朱庇特把一条水蛇派给了它们，这条蛇开始
用锋利的牙齿逐一猎捕青蛙。面对死亡，
它们奔逃无路，恐惧让它们欲言又止。
于是，它们偷偷通过墨丘利[①]向朱庇特传达消息，
渴望众神之父能拯救它们于险境。那时，朱庇特以雷鸣作答，
‘由于汝等不以善物为愿，’他说，

① Mercurius，罗马神话中的天界众神之一，为朱庇特与迈亚（Maia）女神所生，负责担任众神的使者和传译之职，又司掌畜牧、商业、交通。

‘那就不如与恶物为伴吧。’这如同你们一样，哦，
公民们，”伊索讲道，
“为了防止来个更坏的，就忍耐一下这个坏蛋吧。”*

---

* 因寓言版本演变更替，插图个别细节与本则寓言略有不同。——编者注

THE FROGS desiring a KING

3　高傲的寒鸦与孔雀

要用自己的特征而非他人的漂亮之物来博得赞誉，
以此度日方能使人快乐，
伊索就为我们提供了这样的例证。
骄傲的寒鸦目空一切，
它偷走了孔雀脱下的羽毛，
接着装扮起自己来。于是，当那只寒鸦一边厌弃同族
一边混入一群外表靓丽的孔雀当中的时候，
它们扒下了这只无耻之鸟的羽毛，
还用鸟喙将它驱逐了出去。遭到痛打的寒鸦十分伤心，
便打算返回自己的族类那里，
可却遭到同族的拒绝还要忍受无情的骂名。
那时，此前曾受其鄙视的一只寒鸦说道：
“假如你当初对我们的居处能感到满足，
并乐意接受自然赐予我们的东西，
就既不会遭受那般的羞辱，
也不会有这般被同族拒绝的悲惨下场。”

4　叼肉涉水的狗

若有谁谋求他人的财产，他就会失去自己的，这是罪有应得。

一条狗叼着一片肉，游水过河。

就在那时，它看到水面上映出自己的影像，

想到另一条狗嘴里正叼着另一片肉，

它就想把那食物也夺过来。不过它的贪念未能实现，

它既失去了嘴里叼着的那份食物，

甚至也无法触碰到想要得到的那份。

R.H

5　母牛与山羊，绵羊与狮子

与强者的同盟永远都是不牢靠的。
以下这则小故事为我的观点提供了佐证。
忍辱负重的母牛、山羊、绵羊
在林间与狮子结成了不平等的同盟。
就在它们捉住一只体形硕大的雄鹿后，
分割完猎物，狮子就这么说道：
“我取第一份，因为我有王者之名；
第二份你们也要献给我，因为我是伙伴；
现在第三份也得给我，因为我比你们强壮多了；
如果谁碰了第四份，我就会对那个坏蛋不客气。”
就这样，全部的猎物都被这位无耻之徒夺走了。*

---

* 因寓言版本演变更替，插图个别细节与本则寓言略有不同。——编者注

6　青蛙诉日

伊索目睹到附近的小偷举办豪华的婚礼，
他随即开始讲述道：
曾经，当太阳神想要娶妻的时候，
青蛙们的哀号传到了天上。
被吵嚷声惊扰到的朱庇特
询问它们为何发出抱怨。那时，一只待在水潭里的青蛙
说道：
“现在，即使一个太阳神就会把所有湖泊晒干，
迫使悲惨的青蛙们因家园干涸而死去。
假如他的孩子出世，就更别提未来如何了。”

7　来到面具旁的狐狸

狐狸偶然看到一副悲剧演员的面具，①
（在几次翻弄那副面具之后，）②
它说道："哦，多么与众不同的头啊，它没有脑子！"
这则故事被道出来是出于那些人，
命运女神赐予他们尊贵与荣耀，却夺走了常识。

① 古希腊时代的喜剧和悲剧演出因主演人数有限，往往一个演员需要扮演多个角色，因此演员们通常都要佩戴不同角色的面具上台演出。古罗马时代正式的喜剧和悲剧演出往往也是如此，只在需要通过演员的服饰、动作和表情来吸引观众的仿剧演出时才不戴面具。当时的面具形象除了有传统的戏剧角色之外，有时还会仿造出公众人物的形象以便让演员戴在脸上并将之带入戏里，由此可让观众在观剧时对他加以取笑一番。在这则寓言里，狐狸说面具没有脑子乃是一语双关：它既表示面具只有脸没有后面的脑，也表示面具因戴在演员的头上而任人摆布。

② 此行诗句未见于洛布版。

R·H

8 狼与鹤

谁要是为所做之事向无耻之徒索取报酬，
那么他就犯了两次错：第一次是因为他帮了那些臭名昭著之徒，
第二次则是因为他最终不能逃脱惩罚。
一块吞咽而下的骨头卡在了狼的喉咙里，
它一边忍着极大的苦痛，一边开始
用给予报酬来诱惑每一个人，为的是有人能去除它的苦患。
最终，在它的起誓下，一只鹤被说服了，
于是借助自己的长脖子，
冒着危险替狼进行了医治。
当鹤依据协议索要报酬时，
狼说道："你不谢谢本大爷口下留情，
让你脑袋完好地离开，反而还讨要报酬？"

RH

9 对兔子指手画脚的麻雀

不顾自身安危就对他人指出建议，
这么做是愚蠢的，让鄙人用几行诗文来说明这一点。
兔子被猎鹰抓住了，就在它哀号时，
麻雀斥责了它："你那为人所知的敏捷，"
麻雀说道，"到哪里去了？是什么让你的脚步停滞不前？"
就在它说话间，猎鹰猛然间就抓住了麻雀，
任凭它徒劳地哭诉着，猎鹰还是杀死了它。
已半死不活的兔子说道："看哪，我死得安心啦！
方才还在快乐地奚落本人的惨境，
现在你就用同样的责备来哀悼自己的厄运吧。"

10 狼与狐狸打官司，猿充当裁决者

无论谁一旦以欺骗出名，
即使后来说了实话，也无人会相信他。
这则短小的伊索寓言就能说明问题。
狼起诉狐狸犯了偷窃罪，
狐狸否认自己有罪。
那时，猿以裁决者的身份坐在它们中间。[①]
双方陈述了各自的状词及辩词，
在这种情况下，据说猿宣读了如下裁决：

---

① 罗马文明以其严密的法律制度闻名于世。古罗马时代在开庭审理案件时，当事双方必须在开庭当日（通常情况，除去节假日之外都可作为开庭日）的正午前到庭，日落时审理需停止，若有一方未能到庭，法官即刻判决到庭者胜诉。那么，盗窃者一旦定罪在古罗马需受到多重的惩罚呢？根据罗马最早的成文法《十二铜表法》规定，若盗窃者被抓现行，需处笞刑后交被窃者处理；若非现行，需处盗窃者两倍于赃物的罚金。

“对于你狼，你申诉被盗的那样东西看起来应该没丢过；至于你狐狸，尽管你否认得干干净净，不过我相信你偷过那件东西。”

11　狩猎中的驴和狮子

没勇气的人以言辞夸赞其荣耀，
无知者上当受骗，知道的人则以其为笑柄。
狮子打算与驴为伴一起捕猎，
那个时候狮子让驴隐蔽在矮树后面，并告诫它说，
用它不同寻常的叫声让野兽受到惊吓，
而狮子自己则趁动物奔逃之际咬死它们。于是，突然间
这头长耳驴
使尽全力嚎叫了起来，
这闻所未闻的叫声让野兽们感到惊慌。
就在它们纷纷各自寻着熟悉的方向逃命之际，
狮子发起了进攻，捕获了它们。
在狮子因猎杀而觉得疲惫之后，便唤来了驴，
要它别再叫了。当时，那头驴狂妄地问道：
“你觉得我用嗓子干活儿干得怎样？”
“很出色，”狮子说，“要不是我知道你驴子的
气概和物种，我还真会和它们一样害怕得逃走了。”

12　来到泉水旁的雄鹿

你所鄙视的东西
往往比受到夸赞的更有用处。
雄鹿来到泉水旁驻足汲水，
它在水里见到了自己的影像。
于是，它便吃惊地赞美起枝枝节节的鹿角，
随后又责备起那过于纤细的腿来。
突然，传来阵阵捕猎的声响，
雄鹿受到惊吓，开始奔驰着穿过平原，
飞快地甩掉了猎狗的追捕。后来，它逃进了森林里，
可在那个地方它的角被什么东西给卡住了而无法前行，
就这样它开始葬身于凶残的猎狗之口。
据说，临死前，雄鹿道出了这样的话：
“哦，我多么不幸啊。现在终于明白了，
我之前鄙视的那些对我是多么有用啊，
而之前我所赞美的却给我带来了多大的痛苦啊！”

13　狐狸和乌鸦

谁只要以花言巧语博得赞誉，并以此自我满足，
结果就会受到惩罚而感到追悔莫及。
乌鸦从窗户叼出了一块奶酪，
它落在一棵大树上正打算要美餐一顿。
就在这时，狐狸心生歹念，于是它就这么说道：
“哦，乌鸦啊！你的羽毛多么漂亮啊！
你的脸蛋和身体又多么美丽啊！
假如你发出声音，不会有别的鸟儿能比你更动听了。”
于是，愚蠢的乌鸦想要展示自己的嗓音，它张开了嘴
奶酪因此掉了出去，而狡猾的狐狸
则敏捷地用贪婪之口夺取了奶酪。
最终，愚蠢的乌鸦受到了欺骗，伤心不已。
（通过这则故事，向世人证明，计谋手段在很大程度上

能让人达成目的，

智慧总会胜过勇武。）[1]

① 此两行诗句未见于拉丁网络图书馆版本。

R·H

14 鞋匠行医

笨拙的鞋匠迫于穷困，
便在他乡开始了行医。
他贩售自己连名都叫错的药材，
并很快就以夸夸其谈而出名。
那时，（王的大臣）病重卧床，奄奄一息，（王唤来了这位“医生”）①
城里的国王②为了测试这位鞋匠，
便要来了杯子：他在里面盛上水，
却假装把毒和“药”混在了一起，
在给予奖赏的诱惑下，他命令鞋匠喝光这杯水。

① 洛布版英译者认为这两处地方原文交代不全，便进行了补充。

② 此处王这个词原文是 rex，在拉丁语里这个词一般只表示罗马上古历史上“王政时代”（公元前 753 年—前 509 年）的七位统治者，或一些非罗马人的外邦统治者。

出于对死亡的畏惧，这位鞋匠终于承认了，
他能成为名医并非出于自己的精湛医术，
而是出于百姓的无知。
国王于是将众人召集了起来，对大家讲道：
“你们想想看啊，你们是多么疯狂：
你们怎么不假思索就把性命托付给了这么一位
即便穿鞋子的人都不会把脚交过去的鞋匠呢？”
我可以说，这则故事的确讲出了这么一类人，
他们的愚昧给无耻者带来财富。

15　同老牧羊人对话的驴

国家元首的交替对穷人来说
只不过是换了个主子而已，除此之外一切如旧。
这则小故事能说明上述讲法属实。
一位胆小的老人在草地上喂养着驴子。
当他听到敌人的叫喊声而受到惊吓时，
为了不让敌人抓住他们，便立即催起驴子赶快逃跑。
可那头慢吞吞的驴说道："我想知道，
你觉得获胜者会不会给我套上两副驮鞍。"
这个老人回答说不。驴接着说道："那么，
对本来就用一副鞍子驮东西的我来说，当谁的奴隶有这么重要吗？"

16　绵羊、雄鹿和狼

当一个骗子请来一群心术不正之人做担保的时候，
那他不是在解决问题，而是在自掘坟墓。
雄鹿问绵羊借了一摩第[①]的小麦，
由狼出面做担保。绵羊害怕落入圈套，于是它讲道：
“狼总是夺人东西后就溜之大吉，
而你又总是在转瞬间就跑得无影无踪。
当期限到了之后，我该上哪里找你们呢？”

① 一摩第约合八公升。

17　绵羊、狗和狼

撒谎的人总会为他们的过错付出代价。

狗作为原告起诉诬告绵羊，

要求归还一块交由它保管的面包。

狼被传唤做证，它说绵羊欠下的面包不止一块，

而是十块，它可以确定这点。

于是，绵羊被误判定罪，

清还了它本没欠下的东西。没过几天，

成为祭品的绵羊看见狼横死在土坑里。

“这就是，”它说道，“天上神明给予诡计多端者的报应啊。”

18 临产的妇女

没有人愿意重回让他受到伤害的地方。
一位经过了数月怀胎就要临产的妇女
躺在地上痛苦地哀号着。
丈夫要她躺回床榻上去，[1]
因为躺在那里能更好地分担掉自然给予的负担。
“我决不相信，”她说，“生产带来的苦难
能够在让这一切开始的地方终结。”

① 古罗马人的床榻往往带有 S 形的床头以供人斜躺或倚靠，在当时即是供人躺下睡觉的床，也可当倚坐的椅子和沙发。

19　临产的狗

恶人的花言巧语就是等待人钻进去的陷阱，
下面的诗行告诫我们不要落入上述圈套。
母狗临产，它向另一条母狗提出，
要在对方的窝里产下狗崽，
这个要求很快就被答应了。后来，对方要讨回自己的窝，
而它则乞求能在那里再待一会儿，
直到她能把狗崽养得再壮实一些。
当这个期限也过去后，对方开始越发强烈地
要求它离开床榻。“假如你真能与我和我的家人
做对手，”它说道，“那我就让开。”

20　饥饿的狗

愚蠢的意见非但缺乏可行性，
而且会引导众生步入万劫。
一群狗看到一块兽皮沉在河里。
为了能更方便地把这份食物拖出水并享用它，
它们打算喝光河里的水。可是，
还没来得及拿到那块兽皮，
它们就喝坏了身体而一命呜呼了。

21 老狮子、野猪、公牛和驴

无论谁只要失去了早先的尊严，
那么一旦陷入困境，即使懦弱的人也会戏弄于他。
狮子垂垂老矣[①]，
使不出劲道的它躺下身，艰难地喘息着；
在这时，野猪露着獠牙，流着口水赶了过来，
它要为之前受到的伤害复仇而向狮子发起了攻击。
紧接着，公牛用愤怒的牛角将这个敌人的身体
刺出了血。驴见到这头野兽受了伤
且未做出反击，于是就用蹄子狠狠地踢了它的脑袋。
奄奄一息的狮子说道："我对胆大勇猛的人做出的无理举动

① 原文 defectus annis，直译过来是"缺少年岁者"。古罗马人认为，一般情况下人的寿命是六十五岁，所以一旦有人活到六十岁了，剩下只能活五年了，他就会被称为 defectus annis。

只能隐忍在心，而现在我竟不得不忍受遭自然遗弃的你，我就像死去两次一样痛苦。”

22　黄鼠狼和人

黄鼠狼被人抓了，为了摆脱
即将到来的死亡。“我恳请你，”它说，
“放过我吧。我能为你清除屋里那讨人厌的老鼠。”
人回答道：“假如你为了我这么做，
我就真得感谢你而本应免去对你的惩罚。
可现在，因为你做的一切得益于那些将被老鼠啃食的
余粮，而你又可以享用这些老鼠；
因此别想让我为你那虚假的好意买账。”
就这样，他随后就杀死了恶贯满盈的黄鼠狼。
应该承认，这则故事被道出来针对的是那些人：
他们利用专长为自己服务，
却把虚假的好处留给无知之人。

23　忠诚的狗

如果有谁突然变得热忱起来，那么他会让无知者感到高兴，
而至于智者他的这些把戏就不灵了。
曾有一回，夜贼把一块面包[①]给了看门狗，
在把食物扔出后他等着看这条狗会不会接受。
“喂，”它说道，“你是不是想封住我的嘴，
不让我为守护主人的财产而吠叫出声？那么你就大错特错了。
你这突如其来的热忱让我产生了
警觉，以免你因我一时犯错而得到好处。”

① 古罗马时代平民食用的是用小麦粉经发酵后制成的面包，也有未经发酵的面包，比如老加图在《农业志》里提到圆面包的做法时就未曾提到过使用酵母。面包在罗马城里是非常普通的主食，遇到举行赛会的日子时，赛会出资人还会自掏腰包给观众免费发放面包和橄榄油。

24 自取灭亡的青蛙与公牛

一旦弱者想要模仿强者那样，那么就会给他带来毁灭。
一次在草地里，青蛙见到了公牛，
嫉妒起它庞大的身躯。
于是，青蛙吸着气将皮肤鼓了起来，问自己的孩子们
它是不是比公牛还要庞大。
它们回答说不。它再次使出了更大的劲儿，
鼓起了皮肤，并问了类似的问题，
它和公牛谁更大一些。它们回答道："公牛。"
还不死心的青蛙做了最后的尝试，可当它想要把自己
鼓得更大的时候，却把身体胀破而毙命了。

R H

R·H

25　狗和鳄鱼

那些给谨小慎微者出坏主意的人，
既白费工夫还会被视为笑柄。
为了不被鳄鱼抓住，据说，
有一群狗在尼罗河畔边奔跑边饮水。
于是，等其中一条狗一边奔跑一边开始喝水的时候，
鳄鱼这么说道：“别着急跑啊！
用不着怕的。”可那条狗回答道：
“假如我不知道你多想吃到我的肉的话，我倒是会听你的。”

26 狐狸与鹳

不应该伤害到任何人。可如果有谁受了伤害，
那么这则小故事告诫大家，害人者终会以同样方式让自己受到惩罚。
据说，狐狸起先邀请鹳吃饭，
它在宽敞的大理石石块里
摆上了饥肠辘辘的鹳
绝无可能尝到味道的稀汤薄羹。
到了鹳回请狐狸的时候，
鹳在一只细颈壶里盛满了实实在在的食物，可它自己却把鸟喙
插进了食物里饱餐了一顿，而让客人忍饥挨饿。
正当狐狸无助地舔着壶颈的时候，

鄙人听说这只异域来的飞禽[1]讲道：

“每个人自己怎么做的，都会承受同等的回报。”

① 鹳的分布范围非常广泛，地处欧洲的罗马应该也能看到，这里之所以称它是外来的，我猜主要在于鹳是长途迁徙的候鸟，每年都会在欧洲至非洲南部间往返迁徙。

R·H

27 狗，财宝和秃鹰

这则故事该被用来描绘那些贪婪之人，
还有那些人：他们出生微贱却渴望被唤作富有者。
狗在翻弄人的遗骸时发现了
一件财宝，因为它冒犯了死者的亡灵，
于是对财富的贪恋便附着到了它的身上，
结果狗就为这神圣的灵物付出了惩罚。
在守住财宝的同时这条狗忘了进食，
就这样它饥饿而死。据说，这时秃鹰立在它的头上
讲道："哦，狗啊，你活该受死。
你渴望马上就变得如君王一样富有，
却不想想自己既生在街旁，又长在粪土之中。"

28 狐狸和鹰

那些人即便高高在上，仍应对身份低微者心存敬畏，
那是因为借助智慧报复很容易就能达成。
老鹰曾抓住几只小狐狸，
它把它们放进巢里给幼崽们当食物取用。
母狐狸赶到了那里，它开始哀求老鹰，
莫要给它带来如此的悲伤。
老鹰想到自己的鸟巢是绝对安全的，就对它视而不见。
眼见自己的亲生血肉就要被杀了，为了让仇敌也尝到这种悲痛，
狐狸于是从祭坛夺过燃烧的火把，[①]

① 古罗马人在向神明献祭时通常需要将祭品内脏投入燃烧着的祭坛中进行焚烧，而祭司则通过观察祭品内脏做出预言。如果烧得正旺的祭坛之火无故熄灭，这通常都被理解成大凶之兆。在这则寓言故事里，狐狸能从祭坛取到火把，便是如此缘故。

在整株树上到处点起火焰。

为救自己的幼崽免遭死亡危险，

老鹰低声下气地将小狐狸还给了它们的母亲。

29　嘲笑野猪的驴

通常而言，愚蠢之人一旦为了博得轻浮一笑
而用恶言毒语抨击他人，
到头来只会让自己陷入危险的境地。
驴遇到野猪的时候说道：
“你好，兄弟。”觉得自己受到侮辱的野猪
没有接受它的招呼，还问道，为什么它要撒这样的谎。
驴伸出了阳具：“如果你否认
自己和我一样，那这根东西必定和你的嘴是一样的。”
当野猪想堂堂正正地发起攻击的时候，
它抑制住了怒火，说道：“我要复仇那是轻而易举的事，
可我不想被蠢货的血玷污到。”

30 畏惧公牛战斗的青蛙

强者起争执时卑者就得遭殃。

一只青蛙从沼泽地抬头看到公牛在战斗，

它说："哇，我们在何等的危险中啊。"

另一只青蛙问它为何这么说，

那群公牛在为争夺首领之位而进行决斗，

它们生活度日与青蛙无关。

它回答道："它们居处僻远，种类也与我们不同，

可它们一旦有谁从森林之国被驱逐，就会奔逃而出，

来到这片沼泽地里的隐蔽之处，

随后用它残暴的蹄子将这里践踏个遍。

就这样，它们的怒火转移到了我们的头上。"

31 鸢与鸽子

如有谁让自己接受邪恶之徒的保护，
一旦他如此去寻求帮助，就会走向灭亡。
鸽子们常常逃脱鸢的捕食，
它们用翅膀飞快地扑扇着从死里逃生，
掠食者于是想到了一个鬼主意，
它使了这样一个把戏，对这群弱小的鸟类说道：
“你们为什么宁可过胆战心惊的日子
也不订下和约，选我做你们的王？
我会保护你们免受一切伤害的。”
鸽子们信以为真，就把自己托付给了它。
鸢一获取权力就开始一只接一只地捕食鸽子，
还用爪子残暴地操持起统治。
这时，一只幸存下来的鸽子讲道：“我们活该受到这样的惩罚，
因为我们把自己的性命托付给了这个匪徒。”

第二卷

开场白

创作者

故事形式具有伊索的风格，
而创作这些小故事的目的在于让众生改过自新
以及让人通过勤奋的努力使自己变得聪慧，
除此之外别无他意。
因此，无论叙述中开的是什么玩笑，
只要能让大家听到并使它发挥自己的用处，
那便是它自身的价值所在，而非借助创作者之名。
我理当用尽一切方法保留那个老人的风格。
不过，如果我乐意插入什么其他故事的话——
以便不同类型的叙述能令心情感到愉悦——
如果言简意赅能对此加以弥补，
我希望读者您能取其善者而从之。
为了不让对言简意赅的赞扬显得冗长，
要细听的是，你为什么必须杜绝贪婪，
接受节制，甚至给予人们并未索取的东西。

1 牛犊，狮子和强盗

狮子站在被扑倒的牛犊身上。
强盗跑来想要分一杯羹，
“如果你不像以往那样只为自己获取，”狮子说，“我就真给你了。”
就这样它拒绝了这位恶徒。碰巧，一位清白无辜的
路人来到了同一个地方，
眼见一头野兽在那儿，便停下了脚步。
狮子对他亲切地说道：“你无须害怕什么，
快勇敢地拿走因你节制的秉性而理当由你拿走的
那部分。”随即，在分割完牛脊肉之后，
它进入了树林，以便让那个人靠近。

这绝对是一个值得称赞的好例子，

可事实却是，贪婪者富裕，节制者贫穷。[1]

---

① 从这则故事本身来看，内容略显粗糙，动物的寓意和表现手法实在有些幼稚，其水准与本书其他故事相比显然不在一个高度。但考虑到狮子、牛犊、强盗、路人这些角色具有强烈的象征含义，以及最末一行表现出的对现实的批判和哀叹，译者猜测它们背后也许另有所指，菲德鲁斯如此安排或许是在影射某个具体人物。

2　爱上同一位年轻人的老女人和女孩

男人总是因女人破财，无论
他们主动追求，还是对方主动，我们确实能从一些事例中学到。
一位阅历丰富的女人俘获了某个中年男子，
她以优雅得体隐藏自己的年龄，
同时，另一位漂亮的年轻女子俘获了同一个人的心。
两个女人都希望看上去和他一样大小，
便开始轮流拔那个人的头发。
当他觉得自己正受到女人们的细心打理之时，
突然就发现他成了一个秃子，因为
女孩连根拔掉了白发，而老女人则拔掉了黑发。

3 关于恶人的胜利，伊索对某个人说

当某人被一条凶狗撕咬得不成人样的时候，
他把一片沾了血水的面包丢给了那只恶畜，
因为他曾听说过，这么做能治疗伤口。
于是伊索就说了这样的话："不要当着多条狗的面
做这种事，以免它们在知道铸成大错后还能有这般奖励时，
就会把我们活活咬死。"
恶人的胜利诱使更多人作恶。

4 鹰，猫和野猪

鹰在一棵高高的橡树上筑了巢，
猫占了树中间的一个洞，产下了猫崽，
生活在丛林里的母猪把它的幼崽放到了树底下。
接着，猫以欺骗和无耻的恶意
毁掉了碰巧才有的共处关系。
猫爬上鸟巢并说道："毁灭
注定降临到你头上，或许也会到我头上，可怜啊。
因为你每天看见狡诈的野猪在
掘地，它想推倒这棵橡树，
以便在地上能轻而易举地制伏我们的后代。"
恐惧传播了出来，鹰被搅得心烦不安，
于是猫往下爬到了长满鬃毛的猪的窝圈，
"你生的猪崽，"它说，"处境十分危险，
因为只要你和幼崽一起出去觅食，
鹰就已经准备好要抓你的猪崽啦。"

就在它让恐惧也充满这处地方之后，
这只狡猾的猫便退入了自己的安乐窝里。
此后，它只在晚上踮起脚尖外出游荡，
当它和自己的幼崽都吃饱之后，
又整个白天都假装受到惊吓而提高了警惕。
鹰由于害怕橡树被毁就始终停在树枝上；
野猪要提防幼崽被抓，也足不出户了。
还要多说什么呢？鹰和猪都因饥饿与自己的幼崽一起死掉了，
而猫儿们则有了丰盛的食物。[①]
嚼舌的人往往制造出多么大的罪恶，
由此能给愚蠢的轻信者提供一则例证。

---

① 这则故事从内容到最后点出的寓意看似无甚特别之处，但需要注意鹰和橡树的象征含义。鹰在本书故事中出现时往往是帝王的形象，而橡树在第三卷里乃是朱庇特庇护下的神树，足见它在罗马人心中的象征意义。菲德鲁斯选用这种特定的角色讲出这样的故事或许别有他义，当然究竟如何，译者无法猜透。

5 恺撒提比略[1]对家仆说

罗马有一群瞎忙活的人，
他们匆匆奔忙着，碌碌无为，
毫无目的地唠叨着，费尽了心血却无事可成，
他们于自己人是个厌物，于他人更是最痛苦的灾祸。
如果可以的话，我想以一则真实的小故事
来纠正这么一群人，这值得大家细听。
就在恺撒提比略前往那不勒斯的时候，

① 罗马皇帝，公元 14 年—37 年在位。

他抵达了自己在米塞努[①]的庄园，[②]
那处庄园是由卢库卢斯[③]亲手在一座山顶上建造起来的，
且面朝西西里海，背靠托斯卡纳海。
趁这位主子漫步在赏心悦目的绿荫丛间之际，
一位家仆——他腰下绑着系带，

① Misenum，位于意大利南部那不勒斯海湾西北端的一处古代港口。

② 古罗马人在城里通常住的是独门独院的宅邸或高层楼房里的单间居室（类似我们现在的公寓房），如遇到重大节庆或举行庆典赛会，城市周边的人蜂拥进入城内，城内可住的房子不够使用，这时就会在道路两旁支起帐篷以供短期居住。除去罗马城内的住宅之外，罗马的贵族大户通常还会在郊外乡野置办地产，建起带成片田野和房舍的庄园，庄园内的生活物资一应俱全，而在罗马城郊或风景优美之处拥有一座庄园也是当时有钱人的身份象征。这些庄园通常会由专业的建筑师设计建造，并由家用奴隶负责照管，适逢放假休息或遇到罗马城内时局不稳需要避乱时，庄园主人就会带着钱财和家人离开城市住进庄园。在帝国时代，元首家族的庄园通常都坐落在那不勒斯湾附近的地区，这里提到的提比略的庄园便是在那里。

③ 所指的应该是共和国晚期贵族派政治家、军事统帅卢西乌斯·李锡尼·卢库卢斯（Lucius Licinius Lucullus），第三次米特里达梯战争（公元前 73 年—前 63 年）中的著名将领。

一件佩卢西翁[①]亚麻制的外套从双肩挂了下来，
衣服上还饰有流苏——
开始用木桶往炽热的土地上
洒起水来，做出正好好履行职责的样子；
不过他遭到了一番取笑。后来，在穿过他熟知的弯曲走道之后，
他跑入另一处阴廊步道里，洒水固定尘土。
恺撒认出了这个人，便明白了事情真相：
（就当他开始认为不知什么好事就要发生的时候，）[②]
主人说道："喂！"那人在确信能获得奖赏的兴奋劲儿的驱使下当然就一蹦一跳地跑了过去。
接着，尊贵而伟大的统帅以戏谑的口吻如此说道：
"你不曾干过多少活，而且你付出的辛苦统统都泡了汤，
让我卖给你耳光都要标很高的价格。"

① Pelusium，位于埃及尼罗河三角洲东部的一座重镇。

② 此行诗句未见于拉丁网络图书馆版本。

6　鹰和乌鸦

没有谁有充足的防备力量去和有权有势者抗衡，
但若是有个邪恶的出谋划策之人参与进来的话，
无论什么，只要用暴力和诡计加以攻击，都会遭到毁灭。
鹰抓住龟飞向高空。
当龟把身子藏到龟壳里，
如此一来，怎么都无法受到伤害的时候，
乌鸦从空中飞了过来，它边在近处飞翔边说：
“你果然用爪子抓到了一件极其丰厚的猎物，
但是，如果我不教你该做什么的话，
它的重量会让你白白地耗费力气。”
当鹰承诺会分一部分龟肉给它之后，乌鸦建议它
把硬壳从很高的高空砸向石头，
等壳破了之后就能方便地享用食物了。
鹰听取了这个卓有见识的意见，并照着做了，
同时将很大一份美餐分给了这位师傅。

就这样，因自然的赐予而获得安全的龟，

面对两位对手的不平等的对抗，以惨死告终。

RH

7 两头骡子和强盗

两头骡子驮着很沉的包袱走在路上：
其中一头运的是塞着钱的袋子，
另一头装的是鼓鼓囊囊的大麦。
驮运钱财的那头高傲地扬起了脖子，
并随着脑袋的摇晃带动铃铛发出悦耳声响；[①]
它的同伴则伴随在旁，迈着安静、稳健的步伐。
突然之间，强盗从埋伏的地方朝它们冲了过去，
在杀戮当中，他们用武器弄伤了那头有钱的骡子，
抢走了钱财，却对廉价的大麦视若未见。
于是，当遭劫掠的那头骡子哭号着自己的不幸时，
另一头说道："我遭到轻视，却着实让我高兴，

① 古罗马时代大道上马匹和其他牲畜往往一起并行，因马匹奔驰时速度远超过其他牲畜，一不小心就会发生碰撞事故，所以当时人们就会在远行的骡子脖上悬挂铃铛，以提醒过往马匹注意避让。

因为我未损失任何东西，身体也没遭受伤害。”
以此为例，证明弱小之人无忧患，
腰缠万贯者身陷险境。

8 雄鹿和牛

一头雄鹿从林子中的藏身处惊恐地跳了出来，
以躲避猎人到来后那越发迫近的死亡，
它在漫无目的的恐惧中冲入最近的庄园，
将自己藏入恰好方便容身的牛舍里。
那里，有一头牛对正在躲藏的它说道：“你到底想做什么？
不幸的鹿啊，你把自己的性命交给了人类的屋檐进行遮蔽，
你已经主动奔向死亡了。”
可那头雄鹿却一边哀求一边说道：“请单单饶过我吧，
只要机会再次出现，我又能飞奔出去。”
黑夜褪去后，白天接着就降临了，
牧人拿来饲料，却没有看到它，
而所有田间之人虽不时来来往往，
却没有一个注意到它，甚至田间监工从其身旁经过，也

什么都未觉察到。于是这头野兽感到了高兴，
它开始向牛儿们表达谢意，
因为它们在其危难之际默不作声地接纳了他。
其中一头牛回答道："我们当然希望你安然无恙，
不过，如果那个长一百只眼睛的家伙过来的话，
你的性命转而就会陷入巨大的危险之中。"
就在那时，主人在用完餐后返回了家里。
因为他看到牛儿们最近变得消瘦了，
便来到食槽边上说道："为什么饲料这么少？
麦秆不够呢。把蜘蛛网从这里除掉
麻烦到什么程度啊？"就在他逐一细查每一样东西时，
便瞧见了雄鹿高耸的鹿角，
于是在把家里的人唤来之后，他吩咐他们宰杀这头雄鹿，
并拿走了猎物。这则故事指出的是，

主人在属于自己的事物上看得比任何人都要细。[1]

① 从情节来看，故事中出现的牧人、田间之人、田间监工，他们都是依附于庄园主人权力下的奴隶，古罗马时代，富有者的庄园往往会拥有成百上千的奴隶，他们或专司耕作、采摘、牧羊，或照看葡萄、橄榄、花木，或负责值守、扫除、饮食，分工明确，各司其职，一起为主人打理其庄园。此处庄园主人会细心照看自己的庄园，似乎是在影射元首会细心照看自己的国家。

9 创作者

收场白

阿提卡人因伊索的天赋而为他竖起了塑像，
还在永恒的基座上放置了一名奴隶，
以便让所有人都知道，通往荣耀的道路是敞开的，
并不是那种依出身得来的荣耀，而是凭美德得来的。
既然对方已经抢先成了第一人，
我已尽己所能地不让他变成唯一之人，这便是留给我能做的。
这不是嫉妒，而是效仿。
如果拉丁姆[①]垂青我的辛劳，
它就会获得更多的可与希腊抗衡的创作者。[②]

① 原意指的是意大利中部罗马城附近地区，这里应该引申为讲拉丁语的人和地区，与下文“希腊”一词对应。

② 在大部分罗马人的眼中，希腊文化始终都在罗马文化之上，所以罗马人往往以学习和使用希腊语作为提现自己学识的象征。据说，恺撒在遇刺时，面对布鲁图斯举刀向自己刺来，说出的也是一句希腊语。

可若是嫉妒心想要贬斥我的用心，

却仍不会磨灭我理应获得赞扬的荣誉感。

如果鄙人的努力传入（文雅之人的）[①]耳中，

而你的心又感受到了这些凭借修辞之艺写成的故事，

那么我的幸运就会驱除一切苦楚。

但如果我智慧的辛劳迎合不了那些没有底线的讼师们[②]——

是充满凶兆的自然把他们带到了阳光之下，

而他们除了对比他们更好的人进行穷追猛打之外就不会做任何事了——

就让我以坚强之心去承受命中注定的放逐吧，

直到命运女神对自己犯下的罪过感到羞愧为止。

① 拉丁网络图书馆版本此处为“你的”。

② 显然菲德鲁斯在这里提到自己正遭受诉讼之灾，而且应该是因这些寓言故事而起的。从下文来看，起诉他的那些讼师的幕后指使者很有可能是提比略当政时期的权臣塞雅努斯。

第三卷

开场白

如果你想读读菲德鲁斯的这些小书，
尤提库斯[①]啊，你就该放下工作，
以便让心灵自由地感受到诗歌的力量。
“不过，”你说，“你的天赋并没有高到哪里去，
以至于要我损失工作上的片刻工夫。”
好吧，你没有任何理由用双手触摸
任何双耳不必听闻之物。
或许你会说：“一些假日即将来临，
届时能让我腾出心思进行学习。”
那我问道，你为何宁愿把那些时间用在读一些不值一提的小曲上，
而不是把心思花在家内事务上，

① Eutychus，为男子人名。

把精力放到联络朋友上，与妻子共享休闲时光，
让心灵得到放松，让身体得到休息，
以便能以更饱满的精神重返你所熟悉的岗位？
如果你想要踏入缪斯的树林，
那真得要改改你的计划和生活方式了。
母亲将我生在了皮埃里亚山[①]的山巅上，
在那处地方，神圣的记忆女神为雷神朱庇特
九次生育，诞下了艺术诸神，[②]
虽然我差不多就是生在学堂中，
且从心底彻底抹除了积蓄财富之意，
全心全意地遵从雅典娜的意愿投身于这般的生活之中，

① 皮埃里亚山（Pierium iugum）位于希腊北部色雷斯的一处山脉。

② 记忆女神和朱庇特生下的九个女儿便是缪斯九女神。根据古罗马传说，缪斯女神有九位，她们各自分别掌管一门艺术：卡莉奥佩（calliope）司掌史诗，克利欧（Clio）司掌历史，乌拉尼娅（Urania）司掌占星，梅耳珀弥妮（Melpomene）司掌悲剧，塔利娅（Thalia）司掌喜剧，特尔普斯克勒（Terpsichore）司掌舞蹈，埃拉托（Erato）司掌爱情诗，波利伊姆尼娅（Polyhymnia）司掌颂歌，优忒尔佩（Euterpe）司掌抒情诗。

纵然如此，可我还是在一片厌恶中被吸纳进了诗人的圈子里。

对于一位只要醒着就想尽一切办法谋求巨大财富的人，
他宁愿选择甜美的诱惑也不要刻苦地学习，
你认为，在这种人身上会发生什么呢？
可是，正如西农[①]被带到达达尼亚王[②]面前时
所说的“不管后果是什么”，
我将要按伊索的文笔写下这第三卷书，
并献给你以彰显你的荣耀和美德。
如你能阅读它，我会感到高兴，可若你不读，
后人也定然会从中得到令他们欣喜的内容。
现在，我将简单解释一下，寓言这类文体
为什么会出现。获罪的奴隶，
因为他们不敢说出想说的话，

① 原文 Sinon，为古希腊传说中的人物，特洛伊之战中希腊联军派入特洛伊城的间谍，曾故意放风给特洛伊人，让对方保留希腊人留下的木马。

② 特洛伊人之王。

便将个人情感转化成了短小的故事，
以虚构出的玩笑来逃避责罚。
我开辟了大道以取代那位伊索开辟的小径，
与他留传下来的相比我构思出了更多的寓言，
甚至我挑选的某些寓言会给我带来不幸。
如果除了塞雅努斯[①]之外还有其他人成了起诉者，
还有其他人成了证人，最终还有其他人成了裁决者，
那我真要承认，自己招惹到这么些烂事是应该的，

---

① 卢西乌斯·埃利乌斯·塞雅努斯（Lucius Aelius Seianus）自公元 14 年起出任罗马的近卫军长官之职直至公元 31 年被处决。尤其在公元 26 年提比略引退之后，他便成了国家实质上的当权人物。

而且不该把这些寓言当作解药，来抚慰自己的痛苦。[①]
接下去，如果有谁因其涉嫌的罪行而步入歧途，
并将属于所有人的公共之物据为己物，
那么他将愚蠢地显露出自己的心意，[②]
我还是希望他能原谅我。
因为，我的心意并不在于记下一个个人，
而是在于指明人类的生活和秉性。
也许会有人说，我从事的是一件艰难之事。

---

① 帝国时代，近卫军既保护元首的安危，又负责维护整个意大利的和平。其人数大致相当于一支军团（约四千五百人），驻地就紧挨着罗马城墙，因而这支部队的重要性不言而喻。近卫军长官（通常由权力相等的两人同时担任）也由此渐渐成了仅次于元首的罗马第二号实权人物，遇到不理朝政的元首时他们常以替元首分忧为名总揽一切事务，有时甚至直接领兵入城更立新君。菲德鲁斯提到的塞雅努斯，便是提比略当权时的近卫军长官，显然菲德鲁斯因自己的一些寓言故事得罪到了这位位高权重者，那到底是哪篇故事呢？我还真不知道，有兴趣的话大家可以研究一番。至于塞雅努斯为何未置其于死地呢？我猜测也许是顾忌到菲德鲁斯是元首被释奴的身份吧。

② 这里显然说的是下文寓言故事里的相关内容。

如果弗里吉亚人伊索，如果斯基泰人阿纳卡尔西斯[1]，
都能够凭借自己的天赋使声名永远流传下去的话，
生在离希腊文学之地更近的我
为什么就得在沉睡中丧失故乡的荣誉呢？
尤其考虑到色雷斯部族在计算他们的创始诸神时，
利诺斯的父亲是阿波罗，俄耳甫斯的母亲是缪斯之一[2]——
那位俄耳甫斯用歌声移动了石头、驯服了野兽、
让奔流的赫布鲁斯河为歇下享受甜美之歌而停止了流动——
于是，嫉妒，从这里走开，以免你的抱怨徒劳无功，
因为神圣的荣耀终将被授予我。
我劝过你读我的寓言了吗？我恳请你，
以你出了名的坦率把你真诚的想法告知给我吧。

---

① Anacharsis，公元前 6 世纪初叶的哲学家，斯基泰人，曾从黑海北岸的故乡一路旅行到了雅典。

② 此句根据原文直译应如此。但译者理解，此句实际表达的是："利诺斯和俄耳甫斯的父母是阿波罗和缪斯之一。"

1 老妇对酒罐说

老妇看见一只空空如也的酒罐，
法勒纳酒[①]的酒渣依旧在那只高贵的罐子里，
令人愉快的香味飘散到了远处。
她在用两只鼻孔贪婪地闻着这股香味之后说道：
“哦，美妙的灵气啊，要我说你此前该会
有多好啊，即便残渣都那么香！”
只要了解我的人都会说出这个故事所指的是什么。[②]

① Falnerna，一种白葡萄酒。

② 从故事本身来看，显然老妇、空酒罐、酒渣，甚至老妇说出的话，都应指向菲德鲁斯时代的具体人和事，但究竟所指为何，我们已无法确定指出，有人推测空酒罐和酒渣暗示的可能是步入老年的提比略，因为根据苏埃托尼乌斯（Suetonius）的记载，他即使上了年纪仍习惯从年轻人身上获得快感。

R H

2　豹子和牧羊人

遭到蔑视的人往往也会给出对等的回报。
曾经有一头豹子疏忽大意间掉进了陷阱当中。
乡野之人见状，有人搜罗来了木棒，
有人投下了石头，相反另有一些人则心生起同情，
显然即便没有人加以伤害，它仍将死去，
于是他们投去了面包以让它维持性命。
随后夜晚降临，大家在无忧无虑中回了家，
就好像第二天会发现它死掉一样。
然而，那头豹子在恢复了疲乏的力气之后
就迅疾一跃跳出了陷阱，得到了自由，
并以快速的步伐赶回了洞穴。
没过多少天，它外出猎食，
捕杀了牲畜，还杀死了牧羊人，
伴着怒火一切都在它愤怒的攻击下化作了废墟。
当初救过这头野兽的那些人也为自己感到了担心，

他们全然不顾财产受损，只求保全性命。

可它却说道：“我记得谁用石头袭击过我，

谁给过我面包。你们无须害怕，

我回来是要与那些伤害过我的人为敌。”

3　伊索和农夫

经验丰富者通常被大家认为要比占卜师
更为可靠，但是其原因却未被提及，
现在就用我的小故事来公布其原委吧。
某位拥有牲畜之人的母羊生出了
长着人脑袋的羔羊。他对怪物感到了惊恐，
便在忧惧中跑去占卜师那里问卜。
一位占卜师答道，这事关主人的性命[①]，
他应该通过献祭来免除凶劫。
而另一位占卜师却声称，这预示了他的配偶会成为荡妇，
孩子也不会是他亲生的，
不过他可以通过非常多的祭品进行祛除。
还要多说什么呢？他们给出了相互矛盾的不同意见，

① 原文 caput 既有“脑袋”之意，又有“性命”之意，此处语意双关。

并用更大的忧虑增加了那个人的忧虑。
能洞察一切的老者伊索正巧站在那里，
大自然还不曾有能力蒙蔽到他，
“农夫，如果你想法子要免除这一征兆的话，”
他说道，“那就给你的牧羊人找老婆吧。”

4 屠夫和猿

有个人看到一头猿与其他物品、食品一起
挂在了肉铺当中，
便询问起味道如何。当时屠夫开玩笑地说道：
“它的味道保证就跟它的脑袋一样。”
我认为，这则寓言被说出来并非在于其真实，而是在于其好笑。
因为我常常遇见外表漂亮之人实乃至恶之徒，
也认识许多外表丑陋之人实乃至善之人。

5 伊索和张狂之徒

胜利给许多人唤回的是毁灭。
某个张狂之徒用石头砸了伊索。
“真的太好了！”伊索说着，随后给了对方一枚铜板，
继而讲了这番话：“我没有更多钱啦，行行好吧，
不过我将指给你看，哪里能够得到更多的钱。
看，来了一位有钱有权的人，用同样的方式
朝他丢石头吧，然后你就会得到应得的奖励。”
那人信以为真，就按指示的方式照做了，
可是，希望却欺骗了那个胆大妄为之徒，
因为他遭到了逮捕并被钉上了十字架。

6　苍蝇[1]和骡子

苍蝇停在车辕上并斥责起了骡子，
“你太慢了，”它说道，“你不想走得更快一些吗？
小心我用刺扎你的背。”
骡子答道：“你的话驱使不了我，
而我怕的是坐在第一排那个
用软鞭操控我的步伐、
用缰绳牵住我嘴的那个人。
所以，收起你那愚昧的傲慢吧，
因为我清楚什么时候慢行，什么时候疾驶。”
通过这则寓言，人们可以名正言顺地嘲笑任何
利用毫无勇气的空洞威胁来说事的人。

---

① musca，这个词在拉丁语里有“苍蝇”和“牛虻”的意思。

7 狼对狗说

让我简要说一下自由是多么甜美的事物。
一匹饥肠辘辘的狼恰巧撞见了一头
好吃好喝的狗，待它们停下脚步并相互问候之后，
狼说道:“看你吃好喝好,我想知道,你怎么混得这么好?
或者你是吃了什么东西让身子变得如此硬朗?
我比你勇武得多都饿到半死不活啦。”
狗坦率地答道：“如果你能够替主人
干同样的活儿，就能享受到相同的待遇。”
狼说道：“什么活儿？”“如让你做守门者，
在晚上保护宅子免受盗贼侵袭。
我不开口问，面包就给了我；主人从其餐桌
拿骨头给我；家仆把吃剩的食物和
任何没人想吃的美食都扔给我。
就这样，我的肚子毫不费劲就填得饱饱的。”
“我真的已经准备好了：我现在忍受着雨雪，

并在林子里过着糟糕的生活。
对我来说，活在屋檐之下并
悠然地享受充沛的食物，是件多么轻松的事啊！”
“那么随我来吧。”正当它们一路走去之际，
狼看到狗脖子上的毛被锁链磨光了。
“朋友，这怎么弄的？”“没什么。”“那就不妨说出来吧。”
“因为我看起来有点凶猛，他们就在白天把我拴住，
以便白天能让我安静下来，夜晚降临时再让我守夜。
黄昏时分，待锁链解开后我就可以去任何想去的地方闲逛了。”
“那么，如果你想离开去什么地方，这被允许吗？”
狗说：“完全不允许。”“狗，继续享用令你称赞的东西吧，
我不得自由，做王亦然。”[①]

---

① 古时无论希腊还是罗马，并无现代“人生来平等”的概念，而是将人分成了自由人和奴隶，奴隶必须依附于其主人，且无法享有法律赋予自由人的权利。考虑到伊索和菲德鲁斯都曾身为奴隶，经过释放之后才获得了自由之身，这则寓言道出的对自由的渴望或许正是这两位从奴隶到自由人真实经历的写照。

8 姐姐对弟弟[1]说

引以为戒，常省汝身。

某人有一个丑到无法再丑的女儿，

同样是他还有一个外貌极为俊俏的儿子。

当他们玩起孩童的游戏的时候，偶然间看向了一面

摆在母亲座榻上的镜子。

男孩对自己的美貌夸赞有佳，女孩感到了愤怒，

她忍受不了扬扬自得的弟弟的戏谑之语，

并把这一切都理解成是对自己的污蔑。（还能指望她做出什么呢？）

于是，她跑到了父亲那里，让后者对他施加伤害，

她还在巨大的怨恨中控诉他的儿子，

因为他身为男人却玩起了妇女之物。

① soror 的意思是“姐姐”或“妹妹”；frater 的意思是“哥哥”或“弟弟”。

那位父亲拥抱并亲吻了他们两位，

将温暖的爱意让他们两位一起分享，

“我希望你们每天都使用那面镜子，”他说道，

“你，不会因斑斑劣迹使美貌受损，

而你，则会因善良的秉性克服这样的一张脸蛋。”

9 苏格拉底对朋友说

朋友之名寻常普通，可忠诚却稀有罕见。
当苏格拉底为自己的小房子打下地基之后——
若能有他一般的名声，要我像他一样去死，[1]我不会逃避，
而若已成骨灰的我被判无罪，那我就羡慕不已了——
我不清楚人民当中是谁，如往常都会发生的那样，说道：
“我要问，你这么一位伟大的人物住这么狭小的房子？”
“我真希望，”苏格拉底说道，“这处屋子里来的都是真正的朋友！”

---

① 苏格拉底最后是在雅典被判处死刑，并在狱中饮下毒酒而亡。

10 诗人论信和不信

相信和不相信是充满危险之举。

让我对两种情况简单举个例子吧。

希波吕托斯[①]会死是因为他继母的话被相信了，

特洛伊会毁灭是因为卡珊德拉[②]的话没有被采信。

因此，在愚蠢地做出错误决定之前

真相就应该被彻底调查出来。

---

① Hippolytus，古希腊神话传说中的人物。雅典国王忒修斯（Theseus）之子，因唯独追求狩猎女神阿尔忒弥斯（Artemis）而惹恼了爱神阿弗洛狄忒（Aphrodite），爱神便让他的继母淮德拉（Phaedra）爱上他作为惩罚，希波吕托斯拒绝了淮德拉，后者便遗书忒修斯，诬陷希波吕托斯强奸了自己，尔后自尽。忒修斯相信了淮德拉的谎言，就用波塞冬的诅咒杀死了希波吕托斯。

② Cassandra，古希腊神话传说中的特洛伊公主，雅典娜神庙女祭司，被阿波罗神赋予了预知神力。但她后来抗拒阿波罗神，而被降下诅咒，那诅咒是她今后说出的预言一定会变成现实，但却不会有人相信。

不过，为了防止你瞧不起古代的传说故事，
我将为你讲述一则在我记忆里的一件事。
当某位对妻子钟爱有佳的丈夫
正要给儿子准备一件单色成人托架袍①时，
他被自己的被释奴悄悄拉到一旁，
后者希望自己能充当第一继承人。
此人撒了许多关于那男孩的谎言，
说了更多有关那位正派的妻子犯下的可耻行径，
还加上了他认为会令深爱之人
感到特别悲痛的事情，即：有个奸夫常来拜访，
而他的家庭在丑陋奸情的玷污下声名扫地。
那个丈夫因妻子不实的罪行而怒火中烧，
他佯装前去庄园，实则在城里
偷偷潜伏，随后在晚上突然闯进
大门，直奔妻子的卧室而去，

① toga pura，直译为“单色托架袍”，亦被称为白色托架袍（toga alba），即由纯白色羊毛织成的托架袍。该装束通常为古罗马成年男性平民在正式场合的着装，未带官衔的元老也穿这种托架袍。

而在那间卧室，母亲在吩咐完孩子睡觉之后，
正认认真真地照看着已成年的孩子。
正当大家在找寻火把，家仆们在跑来跑去之际，
他无法抑制住迸发出的疯狂怒火，
他来到床榻边，并在黑暗里感觉到了一颗脑袋，
当他觉察到脑袋上的头发是经人理过的之后，就不顾一切只求为自己的苦痛进行复仇，便用剑刺入了那人的胸膛。
油灯取来之后，他立马看向了儿子
和正在儿子身旁酣睡着的恪守妇道的妻子，
她倒头睡下后就不曾被任何事情惊扰到，
他很快便因自己的行径受到了惩罚，
并倒在了那把因轻信他人而抽出的武器之下。[1]
公诉人传唤那名妇人，

① 这里指的是，他用杀死自己儿子的那把剑自杀了。

并将她羁押到罗马，送入百人委员会[①]进行审理。
蓄意侵占财产的嫌疑让这位无辜之人
百口难辩。辩护师全力为这位女子
进行了无罪辩护。
裁决者恳求神圣的奥古斯都
帮助他们履行宣誓过的责任，
因为罪行中的疑点让他们感到难以裁断。
奥古斯都在驱散冤情的阴影
并发现真相的真正源头之后，
说道："让那位祸端的制造者被释奴接受惩罚，
另一方面，至于这位丧子同时又丧夫的女人，
我认为她该值得同情而不该被判有罪。

① 百人委员会（centumviri）的成员最初是由各部落选出的一百零五人（既有贵族也有平民）组成，帝国时代人数增加到一百八十人，该委员会通常负责审理涉及遗嘱和继承权的案件。这则故事里的女子因涉及两条人命，极有可能会被判处死刑，而古罗马时代量刑达到死刑的案件也会诉至这一委员会。

如果一家之长[1]此前真的认真调查过这些
向他申诉的罪状，如果他曾仔细
详查过那则谎言，那么就不会
以极端的犯罪手段将他的家给完全毁灭掉。”
让双耳不忽视任何事，也不要轻信任何事，
因为你完全不猜疑的那些人会犯错，
而同时不犯错的人也会受到阴谋的暗算。
此事亦能给那些单纯之人当作警诫，
以免他们根据他人的意见就对哪件事做出考量。
因为众生的抱负不尽相同，
或出于自己的好意，或出于自己的恨意。
由你亲自去了解清楚的那个人才是熟悉的人。
我之所以在这件事上洋洋洒洒地写那么多，
是因为鄙人曾经因为太过简短而得罪了一些人。

① pater familias，直译过来是“家族之父”，为古罗马时代一个家庭（包括妻子、子女、奴隶）的领导者，一般都由该家庭最年长的男子担任，此人对家庭其他成员拥有一定的管辖权。

11 阉人对卑鄙者说

阉人正在与某个恶人打官司，
后者除了下流的恶言和放肆的厥词之外
还进而侮辱对方丧失了身体的一部分。
“瞧呐，”阉人说道，“说来说去只是一件事，那便是我为什么丧失雄力，
就因为我没有身体完整方面[①]的证人。
可是，傻瓜，你为什么拿命运女神犯下的过错来指责我？
对一个人来说真正可耻的便是他理应遭受到的惩罚。”

---

① integritas，既表示人在身体上没有自然缺失，又表示为人诚实、无可指责。此处语义双关。

12 小鸡对珍珠说

当一只家养的小鸡在粪堆上
寻觅食物的时候找到了一枚珍珠。
“你是多好的一样东西，”它说，“却留在了这种低贱的地方！
如果贪恋你价值的人真的看到这一幕，
你恐怕早就恢复本来的光彩了。
由于食物对我的吸引力要多得多，纵然我发现了你，
可对你和对我都不能带来丝毫用处。”
我道出这则故事针对的是那些不欣赏我的人。[①].

① 显然菲德鲁斯的寓言诗在当时曾受到一些人的非议，菲德鲁斯利用这则寓言故事告诉那些提出批评的人，是他们自己缺乏学识和判断力。

13　工蜂与雄峰打官司，胡蜂充当裁决者

工蜂在一棵高大的橡树上筑起了蜂巢。
懒惰的雄峰则声称那是属于他们的。
该争执被诉上了法庭，胡蜂充当裁决者，
后者对这两类种族都已了如指掌，
便向双方提出了如下的调解方案：
“你们体形相差无几，且颜色一致，
那么这件事显然值得讨论讨论。
不过，为了不让我的神圣职责因见识短浅而犯下错误，
你们就占据蜂窝，并用生产提炼出蜂蜡，
以便根据蜂蜜的味道和蜂巢的造型
使蜂巢的筑造者（本案的辩论焦点）能浮出水面。”
雄峰对这一方案加以拒绝，工蜂则对此感到了满意。
当时，那胡蜂便做出如下裁决：
“谁无法建筑蜂巢，或说那是谁造的，这是清清楚楚之事。

因此我现在把工蜂的果实归还给他们。”

如果雄峰一开始就不拒绝既定的建议的话，

我本该默默对这则寓言置之不理的。

14　论玩耍和严厉

当一个阿提卡人看到伊索在一群男孩中
玩着坚果游戏[①]的时候，便停下脚步
像看一位疯子一样进行了嘲笑。那位
本是取笑他人之人而非遭他人取笑之人的老人一觉察到
这般状况
就在道路中间放了一把断了弦的弓，
“喂，”他说道，“聪明人，解释一下我做了什么。”
人们都跑了过来。那人费尽脑力，想了很长时间
都没有理解出所提问题的原因何在，

① 原文直译过来是“用坚果玩游戏”。这里说的也许是古希腊人玩的名叫“德尔塔”的一种简单游戏，德尔塔即希腊字母Δ，其玩法是游戏者先在地上画一个德尔塔字母（形如一个封闭的三角形），然后轮流拿手上的小坚果往地上的德尔塔字母里投掷，最后谁丢进字母里的坚果多谁就获胜。

最后便放弃了。于是，智者以胜利者的姿态说道：

“如果你让一张弓自始至终都绷着，很快就会被你拉断；

可如果你把它松开，那只要你想用时它就能派上用处。”

所以说，应该时常让心灵得到嬉戏，

以便在你收心之后能更好地进行思考。

15　狗对羔羊说

狗对一头在山羊当中游走的羔羊说：

“傻瓜，你走错地方了。你妈不在这里。”

随后它指了指远处聚集起来的一群绵羊。

羔羊说：“我没在找那头母羊——她一高兴就怀上了我，

然后一连数月带着一团一无所知的负担，

最后再把一堆东西生出并丢在地上；

我找的是那头母羊——她主动送上乳头喂养我，

并不给自己的孩子喂奶以免我没得喝。”

“虽然如此，可把你生下的那位毕竟更胜一筹。”“并非如此。

她确实给我的出生带来过巨大好处，

那便是我每时每刻都等待着屠夫的光顾！

她如何知道生下的羔羊是白色的还是黑色的？

再者，假如她当初希望生一头母羊，

当我出生后是一头公羊的话她又能得到什么好处？[1]
她丝毫没有权力决定生下的是什么，
为什么在我倒地无助之际宁愿对我报以同情
又主动对我施加令我高兴的恩情呢？
父母之为父母，在于恩情而非亲缘关系。”
作者通过这些诗行想要表达的是，
一些人违抗法律，却受制于恩情。

---

① 白羊和黑羊的区别我猜可能在于古典时代白色的动物通常用来祭祀天界众神，而黑色的则用以祭祀冥界众神和亡灵；至于母羊和公羊的区别，牧民通常会先宰杀公羊以供食用，母羊则留作产崽和哺育幼崽。黑羊和白羊，母羊和公羊之间价格上会有差别。

16　知了和猫头鹰

不遵从人性之善的人
通常会因其傲慢而受到惩罚。
知了发出的嘈杂声打扰到了
猫头鹰，而后者习惯在黑暗中捕食，
白天则在树枝的树洞里睡觉。
知了被要求安静下来，它反而开始发出
更响亮的声音。虽然请求被再次提了出来，
可它却叫得更起劲了。当猫头鹰见到自己的话
不起作用，而它也想不出任何办法之后，
便用下面的诡计对叽叽喳喳的知了发起了攻击：
“由于你那自认为像阿波罗的西塔拉琴
奏出的歌声让我睡不了觉，
那我决定喝一点雅典娜不久前送给我的

玉液，[1] 如果你不嫌弃的话，就过来，

让我们一起喝吧。” 口渴了的知了

对自己的嗓音受到赞美而感到欣喜，便立刻

迫不及待地飞了过去。猫头鹰在封闭了树洞的出口之后

追上了这只恐惧中的知了并将其杀死。

如此这般，死去的知了献上了在它活着时拒不给予的

东西。

① 在古希腊人看来，猫头鹰是负责为智慧女神雅典娜传递信息的圣鸟。因此在这则寓言故事里猫头鹰能得到雅典娜饮用的神酒。

17　众神庇护下的树

以前众神曾选过一些他们希望
庇护的树。朱庇特喜欢的是橡树，
而维纳斯喜欢的是桃金娘，福玻斯[①]喜欢的是月桂树，
西贝拉[②]喜欢的是松树，赫拉克勒斯喜欢的是高杨树。
密涅瓦[③]好奇于他们为什么选的是不结果实的树，
便问了出来。朱庇特道出了原委：
“以免我们看起来是在用地位谋取果实。”
“现在就真真切切地让每一位说出他们所想的吧，
鄙人更喜欢橄榄树因为它有果实。”
于是，众神之父和人类的创造者说了这番话：

---

① Phoebus，即太阳神。

② Cybeba，原为东方弗里吉亚（Phrygia）一带的大地女神，后在公元前 3 世纪左右传入意大利。

③ Minerva，罗马人信奉的智慧女神，相当于希腊人的雅典娜。

“哦，女儿啊，你理当被一切物种称为智者。
如果我们这么做没有用处的话，那以此为荣便是愚蠢的。”

这则寓言告诫大家的是，不做任何无用事。

18　孔雀对朱诺[①]谈论自己的声音

孔雀来到朱诺面前，[②]愤愤不平地抱怨
对方没有赠予它夜莺一般的歌喉，
夜莺的歌声竟折服了所有人的耳朵，
而他自己却一发出声音就会遭到嘲笑。
当时，女神为了安慰它便说道：
“但你的美貌超越了对方，你的身形超越了对方，
你脖子上闪耀着翡翠色的亮光，
你能展开如缀宝石般五彩羽毛的尾巴。”
“若我嗓音比不过他族，”孔雀说，“无声的美丽又有何用？”
“这个特征是经命运裁定而分配给你们的。

---

① Iuno，罗马神话里的天后，朱庇特之妻。相当于希腊神话里的赫拉。

② 罗马人认为天后朱诺宠爱的圣鸟是孔雀，因此这里才将孔雀与朱诺联系起来。

美貌给了你，力量给了鹰，悦耳之声给了夜莺，
鸟占之兆给了渡鸦，凶兆之象给了乌鸦。
所有这些族类都对自己保有的天赋感到满足。
没给你的东西就不要想着得到，
以免希望遭到落空后再陷入怨天尤人的境地。”

THE
PEACOCK
& JUNO:
R H

19 伊索答爱打听者

当主人家里的人只剩下伊索的时候，[1]
他被吩咐晚餐准备得早一些。
于是为了找到火点灯用，他跑了一圈他人的宅邸，
最终找到了能点上油灯的地方，
随后，鉴于已绕到了较远的地方，他便开始抄近路
返回，于是径直穿过了广场。
人群当中一位爱打听者问道：
“伊索，大中午的带着灯干吗呀？”
“我在找人。”伊索说着，然后急忙离开，回到了家宅。
如果那个令人厌烦者留意上述回答的话，

---

① 此行原文直译是“当主人唯一的家人只有伊索的时候”，也就是一家子只有伊索和其主人在，并非主人其他的家人已离世或脱离家族，有可能他们正居于他处而不在城里的宅子里。古时奴隶也算其主人的家人。

他一定意识到，在那位老人看来他已不是人了，因为他不合时宜地向一位正忙着的人寻乐子。

收场白

留给我写的话题还有一些，但我有意将它们存下。
首先，为了不让我看起来太让你厌烦，
因为诸多不同的事情让你分心；
其次为的是，若有谁恰巧想要尝试写相同的内容，
他便可以拥有创作什么作品的余地；
虽然可供使用的素材的量是那么的丰富，
以至于都缺少干活儿的工匠了，而不是给工匠干的活儿。
你曾答应要为鄙人言简意赅的写作提供奖励，
我请求把这份奖励兑现给我，展现你的言必行吧。
因为，活一天就离死亡更近一天，
而在耽搁中耗费时间越多，
你的赠予对我带来的恩惠就越少。
如果你很快就完成这件事，那么它的益处就能维持得更久；
如果我越早开始享乐，那我快乐的时间就会越长。

趁日益衰弱的身体尚有些许残存之际，
你的帮助正合时宜。一旦我年老体衰
那即便你的好处力图带来裨益，也会枉然，
因为那时恩惠已不再会有作用，
迫在眉睫的死亡将来催讨欠债。
我觉得对你施加恳求是愚蠢的做法，
因为你自然而然就会流露出同情之心。
犯人在坦白之后常常获得宽恕，
那么要有多充分的理由无罪之人才该被给予宽恕呢？
这种事现在就落到了你这边，先前是在别人那边，
随后其他人依照相同的命运轮转依次遇到。
请对义务许可之事、信念许可之事做出决定吧，
而有你的裁决相助我会很高兴的。①

① 显然在这篇收场白里菲德鲁斯依旧表露出有人正对自己加以陷害，而他似乎曾在同类事情上栽过跟头，正如他在文中提到的“先前是在别人那边”，至于说这个“别人”（用的是复数）是哪些人，还有这篇收场白是否和开场白一样是写给某个叫尤提库斯的位高权重之人的，这些问题我们都不得而知。

我的心超越了我曾设下的限度，
可当一个人在意识到自己未染一罪的情况下
又被那些害人之人以傲慢无礼进行加害的时候，
他的灵仍难以安于其中。
你问，他们是谁。他们将迟早显露出来。
只要我还保持着健康，就会牢牢记住
幼儿时曾读到过的那条格言警句：
“身为平民者公然发出怨声，乃是一种罪。”

第四卷

开场白

诗人对帕提库罗[①]说

当我已决定结束这部作品，
以便在这一领域别人仍拥有充足的素材的时候，
我心中暗自谴责自己的这一想法。
因为既然每一个人心里都有自己的想法
和独特风格，那么即便有谁贪求如此巨大的声名，
他将如何推测我遗留下来的是什么，
以便自己能用那样东西来扬名呢？
因此，对我来说，再次动笔写作并非轻率之举，
而是在深思熟虑后有确凿原因的。
为此，帕提库罗，鉴于你对寓言有兴趣——
我称这些寓言为伊索式的，而非伊索的，
因为对方发表的不多，而我写成的则有更多，
虽用的是古老的形式，但写的却是新的事物——

① Particulo，男子名。

就请有空的时候读读这第四卷小书吧。

如果怨忿之人想要贬损它，

只要无法仿效我，就让他们贬损去吧。

我因你以及和你一样的人

把我的文字转录到你们的书里

并断定我理当被人们长久记住而博得赞誉。

至于目不识丁者的赞美，我并不渴望得到。

1　驴和西贝拉女神祭司

生来就未得天命之助者不仅一生
凄惨，而且死后也还
继续忍受命运的残酷和无情。
西贝拉女神[①]的祭司曾时常一边牵着一头驴
驮运行李，一边四处行乞。

① 最初是安纳托利亚半岛一带弗里吉亚人崇拜的大地女神，在公元前3世纪末的第二次布匿战争期间作为罗马人先祖特洛伊人的女神被引入了罗马，罗马人称之为“众神之母”。西贝拉女神的祭祀仪式十分特殊，她的祭司一律使用男性且需要经过阉割，据说这么做是为了能得到发布神谕的神力。每年的三月二十四日（罗马人称之为“血祭之日”），西贝拉女神的祭司和信徒都要举行祭祀仪式，他们用鼓（因此这里才将死去的驴的皮扒下制成鼓）、笛、钹奏出音乐并随着乐声发出哀号，还用鞭子抽打自己，以便把鲜血溅到女神的祭坛和神像上，而一些祭司也选在那一天进行净身。西贝拉女神的祭司属无雄力者，按罗马人的法律他们无法取得公民权，因而也无法享受相应的公民权利和待遇，常靠行乞过活。

当那头驴因辛劳和鞭笞而去世之后，
他们扒下它的皮，为自己制作了皮鼓。
当即就有一个人问起，他们对自己的宠物
做了什么。他们如此说道：
“它总认为自己死后便得安息，
瞧，即使死了它都继续承受着别样的拷打！”

2 诗人

鄙人对你来说看似在说笑，只要没有十分重要的内容，
鄙人确实就手握芦管笔在轻松中玩耍一番了。
不过，还请仔细查看这些琐碎之事吧，
而你将在这些细微的事物上找到何等的利用价值啊！
它们并非总是如看起来的那个样子，第一眼
欺骗了许多人，很少有有心人理解到
细心藏进更隐蔽的角落里的东西。
为了不让人以为我说这些却不给读者回报，
就让我补充一则关于黄鼠狼和老鼠的小故事吧。
年老体衰的黄鼠狼
无力抓捕行动敏捷的老鼠，
它就用面粉把自己包裹起来，草草
让自己倒在一处昏暗的地方。一只老鼠以为那是吃的东西，
便跳了过去，随后它被抓住之后就死掉了。

另一只老鼠也以相同方式被抓而死，随后第三只也这么死掉了。

在数只老鼠死掉之后，来了一只年老干瘪

且曾数次从陷阱和捕鼠器中逃脱的老鼠。

它一边远远地打量那个狡猾的敌人设下的圈套，

一边说道：“但愿你的身体还好，就如你躺在那里就是面粉一样！”

3 关于狐狸和葡萄

狐狸在饥饿的驱使下试图吃到高处葡萄藤上的
葡萄，它用尽力气跳了起来，
却无法碰到葡萄，于是它一边离去一边说道：
“你还没熟呢，我可不想吃到酸葡萄。”
那些言辞轻巧却无法成事之人
该以此为鉴进行自省。

4 马和野猪

一匹马习惯性地在一处水潭边饮水止渴，
当一头野猪在水潭里打滚时，它搅浑了潭中的水。
由此起了争执。对那头野兽感到愤怒的马儿
向人类寻求帮助，它将那个人驮上马背，
返回了那处地方，扬扬得意地来到敌人面前。
待骑马者用枪
杀死那头野猪之后，据称就说出了如下这番话：
“我乐意应你的乞求亲自出手相助，
因为我已取得了战利品，而且还知道了你是多么有用。”
于是他强迫这匹马在不情不愿当中接受他的驾驭。
那时，这匹马沮丧地说道：
“在我为琐碎之事寻求复仇之际，
到头来得到的却是自己受到奴役，我真是疯了。”
这则寓言会对那些盛怒中的人提出告诫，
不受损失的忍耐要好过把自己交到他人之下。

5 诗人

一个人身上的美德有时多过一群人身上的，
让我为后人讲述一则简短的故事加以说明。
某人辞世后留下三个女儿，
其中的一位生得貌美漂亮，用眼睛就能俘获住男人，
而第二位却是个羊毛编织者和俭朴的农妇，
第三位嗜酒，且生得极其丑陋。
现在，这位老人已把她们的母亲定为了继承人，
条件是：她必须将财产在三个女儿之间
进行平均分配，不过得用这样的方式：
“她们不得占有或享用给予之物，”而且“一旦
她们不再拥有曾经取得的事物，
那么就得每人给母亲十万塞斯退斯[①]。”

① 塞斯退斯（Sestertius），在帝国时代至戴克里先改革之前为铜币单位，以青铜或山青铜铸造，为古罗马的基本货币单位。

流言传遍了雅典，那位母亲在焦急中
询问过诸位精于律法之人，没有一位对
她们该怎么做才能不占有给予之物
或从中获得好处做出解释，也没有人能解释她们
既然未获一物，又怎么能给予钱呢。
在耽搁中耗费了许久时光之后，
遗嘱的意思仍没办法被推断出来，
那位母亲便舍弃法律，遵循起道义来。
她分给那位艳俗的女儿衣服、女性饰品、
银浴具、未长胡须的阉人；
分给编织羊毛的女儿份地、羊群、庄园、工人、
牛群、骡群，以及农用工具；
分给嗜酒的女儿一座装满一罐罐成年酒的酒窖，
装饰豪华的宅邸和精致的小花园。
她有意按上述定下的方式依次分配遗物，
人们也对此表示赞同，因为他们了解这三位女儿，
在这种情况下，伊索突然在人群当中站了起来并说道：
“哦，如果那位已入土为安的父亲还有意识的话，
面对阿提卡人无法破解

自己的遗愿，他将忍受何等的痛苦啊！”
随后，在遭一番问询之后，他解开了所有人的误解：
“把这栋宅子和饰品，连同漂亮的小花园
还有成年酒都送给那位编羊毛的村姑；
把衣服、珍珠、男仆及其他东西
交给那位生活奢靡的女儿；
把田地、庄园，以及羊群连同牧羊人一起
赠给艳俗的女儿。她们没有一人可以耐心地
保有与自己的秉性相异的物品。
那位丑陋的女儿会把衣服卖掉以换得酒；
那位艳俗的女儿会卖掉田地以换得饰品；
而那位乐于一心一意扑在羊群和羊毛上的女儿
则会将豪华的宅邸以任何价钱转手出去。
如此这般，没有一人将保有曾给予她们的东西，
而她们也会从贩卖各自物品的所得中

把规定的钱财分给母亲。”①

就这样，仅凭一人之智就发现了
众人理解不到的事物。

① 古罗马人使用的是圆形金属货币。帝国时代最普通、最一般的货币单位是基准铜币“塞斯退斯”，再往上是重量约三克的小银币“德纳里乌斯”和帝国中期出现的大银币“安东尼尼安”，价值最高的是金币“奥勒乌斯”。鉴于社会经济环境不同和货币重量、成色的差异，不同年份货币之间的兑换比例差异甚大，只能大体来说，帝国时代较普遍的兑换比例是：四枚塞斯退斯兑一枚德纳里乌斯，两枚德纳里乌斯兑一枚安东尼尼安，二十五枚德纳里乌斯（一百枚塞斯退斯）兑一枚奥勒乌斯。根据中世纪留下的著作，提图斯时代一位罗马城的工匠劳作一整天的收入约八枚德纳里乌斯，各位可以换算一下，若这则故事发生在那个时代，十万塞斯退斯价值几何。需要留意的是，这则故事发生的背景是伊索时代，可使用的货币单位却是罗马时代的。

6 老鼠和黄鼠狼的战争

当老鼠被一支黄鼠狼的部队打败
（无论店铺有多少，这则故事都被画在了店里）
而在仓皇中向它们狭小的洞口奔逃的时候，
虽然费足了劲才能进洞，可它们仍死里逃生了。
它们的首领头上戴着犄角——
这犄角为的是在战役当中使自己
能有让普通士兵识别并追随的显著标记——
却卡在了洞口，被敌人给抓住了。
获胜者将它们当成祭品献给了自己贪婪的牙齿
并送入了地狱之洞般的宽敞的肚子里。
无论何时，只要人民遭受悲惨命运的压迫，
他们首领的威望就会陷入危险之中，
底层平民则能轻而易举地在籍籍无名中寻得安全。

7 菲德鲁斯

你虽以轻蔑的态度对我所写的东西嗤之以鼻，
而且也不屑于阅读这种类型的玩笑之语，
可还请你稍用耐心再忍受一下这卷小书，
而我正安抚你脸上的严肃表情，
于是伊索便一反常态地以演员之身上演了一幕悲剧：
“但愿皮立翁山[①]上位于树林之巅的杉树不曾被
塞萨利人的双面斧砍伐下来，
阿耳戈斯也不曾为对抗死亡而在雅典娜的帮助下
造出那艘驶上勇者之途的快船，
这艘船首先探索了充满险境的黑海之湾，
深入希腊人和蛮族的苦难之巢。[②]

① Pelium，指位于希腊半岛中北部塞萨利地区的一座山脉。

② 此处显然说的是阿耳戈英雄前往黑海之滨的科尔喀斯（Colchis）寻找金羊毛的希腊神话故事。

另一边，高傲的埃厄忒斯[①]的宅邸在哀悼，
珀利阿斯[②]的王权在美狄亚的罪行下分崩离析，
而她则用多种方式将自己的残忍天性掩盖了起来，
她在那片地方［科尔喀斯］借助弟弟的尸块为逃跑打通了道路，[③]
又在这片地方［希腊］使珀利阿斯女儿的双手沾上弑父之罪。”
你看这段定场诗如何？[④]“这还是乏味无趣之事，”对方说，
“讲的都是虚构的，因为那事要远早于

① Aeetes，科尔喀斯国王，以残暴无情闻名。大英雄伊阿宋（Iason）利用了埃厄忒斯王的女儿美狄亚（Medea）对自己的感情，盗取了金羊毛。

② Pelias，指伊阿宋的叔叔，他篡夺了本应属于伊阿宋的王位，最后被美狄亚用计杀死。

③ 指美狄亚和伊阿宋一起逃离科尔喀斯，返回希腊的时候，埃厄忒斯王派美狄亚的弟弟前去追回他们。美狄亚亲手杀死了弟弟，并把其尸体分成数块，抛于各处，以便让父亲忙于收尸而无法立即追上他们。

④ 菲德鲁斯这里是在模仿悲剧开场的定场诗，显然在伊索寓言里不会出现这种风格的诗行。

米诺斯派自己的舰队彻底征服爱琴海
并为公正的统治竖立起榜样。”
因此，我能够为你做什么，读者加图[1]，
如果小故事和悲剧都没让你觉得高兴的话？
请别把我的文字当成十足厌恶之物，
除非它们给你带来更大的烦恼。
这一段是说给那些人听的，他们害上了愚蠢病
而指责天界以期让人相信自己聪明。

① Cato，男子名。此处似在暗示罗马历史上非常有名的保守派政治家老加图，他在出任监察官期间力图整顿社会风气以恢复罗马人淳朴的传统，因而常常惩处那些贪污腐化、生活奢靡的贵族和元老，他行事极为严苛，在元老院中令人望而生畏。在这里菲德鲁斯似乎有意将读者与这位著名的老加图相联系，以表示读者严格、刁钻的眼光。

8　到了铁匠铺的蛇

用牙齿去恶意攻击咬得更狠者的那个人，
就会发现下面的实例描述的就是自己。
一条毒蛇来到铁匠铺中，
当它试图找点吃的东西的时候，
它咬上了一把锉刀。那把锉刀对它却是坚硬的，
“蠢货，”锉刀说道，“我习惯于啃咬一切铁具，
你怎么试图用牙齿伤害我呢？”

9 狐狸和山羊

当狡猾之人发现自己陷入险境的时候，
就以损害他人的方式找到了出路。
当狐狸不经意间掉进了井里
并因井口离得太高而被困其中的时候，
一只口渴的山羊来到了同一处地方。
山羊一问起井水是否充足
甜美，那只狐狸就有意要出诡计：
“朋友，快下来吧，这里的水好喝到了这般地步，
以至于都无法足够到让我喝个痛快了。”
那只长胡子的山羊把自己放了下来。随后，狐狸
踩在高耸的羊角上逃出了水井，
却扔下山羊，把它困在了被围起来的那一摊水里。[①]

---

① 曾有人猜测，这则寓言故事里的山羊和狐狸其实暗指的是提比略和塞雅努斯。不过，当塞雅努斯以近卫军长官的身份权倾朝野之时，要说他一点儿没有取代提比略的野心，这也不符合事实。

10　论人的过错

朱庇特给我们带上了两只袋子：

其中的一只装满了我们自己的过错，他将它放在我们的背后，

另一只装满了他人的过错，他将它悬挂在我们的胸前。

正因如此，我们无法看见自己的错事，

而一旦他人犯下过错，我们就成了监察官。

11　盗贼和油灯

盗贼从朱庇特的祭坛上点亮了油灯
并开始借着自己点上的火光劫掠起了神明。
当他靠着亵渎神明满载而去时，
那具神圣之灵物突然间就发出了声音：
“即便这些玩意儿都是恶人献来的，
且也令我感到憎恶，以至于都不会介意被偷被盗，
但是，无耻之徒，你该为犯下的罪行付出生命的代价，
受到惩罚的那一天日期已定，终将到来。
不过，为了不让我们的火点亮罪恶行径，
因为那火是虔诚之人向令人敬畏的众神献祭时使用的，
我下令禁止出现这种交换火光的行为。”
因此，今天无论是用众神的火焰点亮油灯，
还是用油灯点亮圣火，都是有违神意的。
这则事例包含多少有用之物，
对此做出解释的，除了创作者之外将别无他人。

首先，它指出了，你亲自支持的那些人
到头来往往会成为你最大的对手；
其次，它表明了，罪行受到惩罚并不取决于众神的愤怒，
而是取决于既定的命运之期；[①]
最后，任何东西善者都不得
与邪恶之人共同使用。

① 古人认为，生死和其他事物的安排取决于命运，即便众神都得屈从于命运的法则，因此在命运设定了惩罚而付诸实施的时间尚未来临的情况下，众神从不对罪人实施惩处。

12 财富即是恶

财富理当遭到勇敢之人的憎恶，
因为钱匣子挡住了真正的荣耀。
当赫拉克勒斯因其勇气而被接纳进天界时，
他向前来道贺的众神一一回敬以问候，
等命运女神之子普路托斯[1]过来的时候，
他转移了目光。众神之父问起了原因。
“我恨他，”他说，“因为他是恶人之友，
同时还用利益把一切事物都给败坏了。”

① Plutus，希腊神话里的财神。

13　猿猴僭主

“没有什么比说出真话更给人带来益处了。”
这的确是个让所有人都赞同的格言，
不过坦率也往往带来毁灭，
当谎言比真理更具价值的时候。[1]

两个人，其中一位善于撒谎，另一位爱讲实话，他们一同踏上了旅途。他们走着走着，来到了一座猿猴的行省。当猿群中的一只似乎像是头领的猿猴看到他们之后，就下令把他们抓住，以便询问人类是怎么说他的。他还下令让所有同类全部排成长长的列队，站在自己的左右两边，并且还为自己准备一副宝座。正如它曾经看到过的帝王一般，它还学模学样地让手下站在自己身旁。一声令下，两个人被带了进来。头领说道：“我是谁？”

① 此篇下文现存版本为散文体。

善于撒谎的人说："你是帝王。"它又问："那么，你看那些站在我面前的是谁？"他答道："它们是你的扈从、高官、教头、将领。"由于它和它的众多同类因上述谎言感到了高兴，它便下令赏赐那个人，而那个人因道出的是谄媚之言，也就欺骗了所有的猿猴。然而那位爱讲实话的人却在暗自琢磨着："如果那个善于撒谎的人说的都是谎话却得到了如此的赏赐，那么如果自己说了真话，岂不将获赠更大的赏赐。"随后，猿猴首领说道："那么你说说看，我是谁，还有你看那些站在我面前的是谁？"可那位永远热爱真理、习惯说出事实的人却答道："你事实上是只猿猴，而这帮家伙和你一样自始至终都是猿猴。"他因说出了事实而立刻随着一声令下被牙齿和爪子撕成了碎片。

献给那些消灭诚实和真理的，爱撒谎、爱使坏的邪恶之人。

14 关于狮子称王

在沉默招来拷打的地方，说话也会带来同等的惩罚。
当狮子封自己为百兽之王
并希望博得公正之名的时候，
它摒弃了先前的习惯，
与众兽一起自觉节制起了饮食，
还以不可撼动的正直之心推行了神圣的律法。
待它的悔悟之心开始动摇，[①]

而它也无法改变天性之后，它开始私下把几只野兽领到一边，故意问起它们，自己是否嘴里有气味。那些说“有气味”和那些说“没气味”的野兽，它把它们统统杀死了，以便痛饮鲜血。它对很多野兽都做了这种事，在那之后它询问起猿猴，自己嘴里是否有异味。那猿说

① 此篇下文现存版本为散文体。

道，有一股像肉桂一样的香味，闻起来就如同众神祭坛里烤过的祭品一样。狮子羞于为害一位溜须拍马者，不过为了耍诈，它改变了自己的策略，并找到了另一诡计：它假装自己生病。医生很快就来了，他们替它把了脉，见其脉相正常，便劝说它吃点清淡的和能增强食欲、促进消化的食物，即便王有权做一切事。“我还不清楚，”他说，“猿肉的味道呢。我想尝尝看。”为了使自己尽快吃到猿肉大餐，它一说完话，就立刻杀掉了那只阿谀奉承的猿猴。

因为，说话的和不说话的，都受到一样的惩罚。

15 普罗米修斯[①]

在塑造完女人的私处之后，（他很快
就用相同的材料塑造了）女人的舌头。
由此污秽便与她们的舌头发生了关系。

① 根据古罗马人的传说，泰坦神伊阿珀托斯（Iapetus）之子普罗米修斯最先用泥土造出了第一代人类，后来又为人类从天界盗取了火焰。朱庇特为此震怒，因而将他用锁链绑在了高加索山上，派老鹰每天啄食他的肝脏（一说心脏），可由于是不死之身，到晚上被啄食的部位又会复原，每天周而复始。朱庇特还决定要惩罚人类，因而吩咐火神武尔坎（Vulcanus）用泥土塑造一副女性的形象，取名潘多拉。朱庇特送给她一只装满灾难和瘟疫的盒子，让她下到人间并嫁给普罗米修斯的弟弟埃庇米修斯（Epimetheus），她下到了人间，也打开了盒子，因而此后人类世界便有了灾祸。有人主张，希腊人认为普罗米修斯是根据自己的形象造人的，因而他造出的只有男性没有女性，世界第一位女性是潘多拉。可有意思的是，菲德鲁斯在这里却声称，普罗米修斯造出的既有男性也有女性。

16　仍是普罗米修斯

另有一人问道，女同性恋者和娇柔的男子
是什么原因才出现的，老者解释说：
“普罗米修斯用泥土创造了普通人类——
这些泥巴人一经命运女神的磕碰就破损了——同样是他
还用了一整天分别创造了
那些出于羞耻而用布遮住的天生部位，
以便能立马让这些部分在各自身体上发挥作用，
在那种情况下，他突然受到酒神之邀前去赴宴。
宴席上他喝了许多，血管里充满了玉液，
到了很晚才迈着趺趺撞撞的步伐返回了家里。
接着，在半睡半醒之间，他因醉酒而犯下了错误，
他把女性的部位安到了男性身上，
又把男性的部位装到了女性身上。

就这样，现在，欲望才常借助不寻常的寻欢方式得到满足。”[①]

① 许多人都以为古罗马人对当时普遍存在的同性恋风气持的是一种宽容或纵容的态度，至少在菲德鲁斯的这篇带有神话气息的故事里我们看不到作者的宽容态度。他非但把同性恋者视为是普罗米修斯在醉酒后造出的，而且直接将同性之爱用贬义之词 pravum gaudium（不寻常的寻欢方式）加以描绘。需要注意的是，根据苏埃托尼乌斯的描绘，在皇帝提比略和尼禄的身上都发生过与男性寻欢的事迹，而皇帝卡里古拉则时常身穿女装并蓄养男宠，这里是否含沙射影地针对特定人物，我们不得而知。

17　论长胡子的母山羊

当母山羊从朱庇特那里求得了胡子之后，
感到苦恼的公山羊开始表达起了不满，
因为雌性的地位变得和它们一样了。
朱庇特说："就让那些母山羊沉浸在虚幻的荣耀中，
并夺取你们职位的尊荣吧！
只要它们不如你们勇敢就行。"
这则事例告诫你，对那些勇气不如你的人，
即便他们穿上和你一样的衣服，你也该忍耐住。[①]

---

① 有人认为，这则寓言借母山羊从朱庇特那里取得公山羊的胡须作为隐喻，暗示的是提比略之母、奥古斯都之妻李维娅（Livia）。她在提比略当政时凭借自己的特殊身份，取得了极大的权势。

18　论人类的命运

当某人抱怨自己命运的时候，
伊索构思了这则寓言来安慰他：
“一艘船在猛烈的风暴中摇晃了起来，
乘客惧怕死亡而掉下了眼泪，
突然间，天气发生了变化，显露出风雨平息的迹象，
船只开始顺着徐徐和风安然向前航行了起来，
水手们也开始变得欣喜若狂、亢奋不已。
曾历经险境而拥有智慧的掌舵人说道：
“欢喜勿急躁，抱怨勿冲动，
因为人生在世，一生当中苦乐参半。”

19 狗向朱庇特派出了使者

狗曾向朱庇特派出过使者
恳请为自己求得更好的命数，
以便使它们摆脱人类的责骂，
那些人自己取食撒上麸皮的面包
给它们充饥的却主要是肮脏的粪屎。
使者以不紧不慢的步伐踏上了行程，
它们忙于用鼻子在粪堆中寻觅食物，
连在问话后都没顾得上作答。墨丘利费了很大劲终于
找到了这些令人尴尬的狗并把它们拽了进去。
可就在那个时候，当它们看到朱庇特的伟大圣容时，
在惊吓间就把屎拉了出来并玷污了整座宫殿。
它们在棍棒的驱赶下冲出了宫门，
可伟大的朱庇特还未准它们离去。

（就在当时，派使者出使朱庇特的那些狗）[1]
对使者没有返回感到了奇怪。[2]
它们怀疑自己的使者已犯下什么可耻行径，
过了一会儿便下令再选别的狗担负出使任务。
流言传了出来，说之前的使者曾当着神明拉屎，
害怕同样的事情会再次发生，
那些狗就往屁股里塞了许多芳香料。
使者领受使命，受到了派遣，很快便踏上了行程。
它们恳求能觐见朱庇特，很快就得到了许可。
当时，最伟大的众神之父端坐在宝座上，
挥舞着闪电，万物都开始震动起来。
那些狗因忽然出现巨大的响声而慌乱不已，
一下就把屎排泄了出来，粪便里还混着芳香料呢。
所有众神一致宣布，此等侮辱必将报复。

---

① 此处原文散佚，这段文字为洛布版英译者补充。

② 此处先是提到朱庇特将狗的使者赶走，然后又提到其他的狗未见使者返回，显然存在前后矛盾，似乎两段之间还有缺文。也许，朱庇特将狗的使者赶走后又对它们做出了某种惩罚，终使它们未能返回。

朱庇特在施加惩罚前说出了这番话：

“不让这些使者离开并非王者之举，

对过错施加惩罚也非难事。

但是如下被带回家的便是对无礼之举的回报：

我并不禁止它们离开，却要它们遭受饥饿的折磨，

生怕它们无法填满自己的肚子。

另外，至于曾两次派出如此无能的使者的那些狗，

将永远不得摆脱人类的责骂。”

就这样，时至今日，狗的后代们仍在试图找到合适的使者，

结果无论哪条狗只要看到有陌生的狗过来就会上前闻它的屁股。

20 对慈悲之人有害的蛇

对邪恶者施加援手的人，到后来就会遭受苦难。

某人捡起一条冻僵了的毒蛇

并将它放在怀里给它取暖，而慈悲之人却得到了于己不利的结果，

因为当它恢复过来之后就直接杀死了那个人。

当另一条毒蛇问起它为何这么做时，

它答道：“为的是让人学到勿对邪恶之物表现出友善。”

21 狐狸和龙[①]

一只狐狸在打洞筑窝，正当它刨出泥土，
挖出更大更深的洞穴之时，
它挖到了极远处
镇守着秘密宝藏的龙的洞窟。
狐狸一看见对方，就说道："首先我恳求你宽恕
我无意间的冒犯，其次如若你有心看到
金子对我的生活来说不是相称之物的话，
那么就请你好好回答：你通过此番辛劳
获得什么好处，或到底有多大的酬劳
以至于让你不休不眠地在黑暗中耗费时光？"
"一点报酬都没有，"对方说道，"此事是由至高的朱庇特

① draco，这个词在拉丁语里也有"大蛇"的意思。

托付给我的。”“所以，你自己一无所得
也没有谁从你那里获得什么？”“命运如此安排。”
“若我话讲得直率，你别生我的气：
和你相似之物乃是众神在愤怒中降生下来的。”
既然你注定要前往先人已去的地方，
那为什么还要用盲目的心智来折磨你悲惨的生命呢？
我说的是你，吝啬鬼，你的继承人因你而高兴，
你骗取天界众神的乳香，又骗取自己的食物，
你怀着悲伤聆听西塔拉琴奏出的音乐，
而骨笛吹出的愉快旋律让你心烦，
食物的价格迫使你发出抱怨，
一旦财产有望被你增加一丝一毫
你就用肮脏的虚假誓言骚扰天界，
若丧葬女神不从你身上获得点好处的话，
你就砍掉自己葬礼的一切开销。

22 菲德鲁斯

嫉妒啊，你现在想做出什么裁定？
虽然它藏匿不出，可我仍清楚知道。
凡被认为值得流传下去的内容
就全都说成是伊索的，若是遇到一点都不满意的什么内容，
就以任何觉得适合的东西为赌注主张那都是由我创作的。
我现在就想用自己的答复进行驳斥：
这部作品无论是愚蠢之作还是值得赞扬之作，
那位伊索创造了它，而经鄙人之手它得以完成。
但就让鄙人按最初的计划继续下去吧。

23 关于西摩尼得斯[1]

博学之人本身自始至终都拥有财富。
写过杰出抒情诗的西摩尼得斯
为了更轻松地缓解穷困的境况，
便开始游走于亚细亚[2]的大城市间，
以吟唱赞美凯旋者的颂歌获取报酬。
当他以上述方式获得财富而成了富人之后，
他想通过海路返回故乡，
而正如大家说的，他生在基俄斯岛上。
他登上了船，可恐怖的风暴
（同时加之船舶年久陈旧）将船只摧毁并使之沉入海中。
一些人准备了钱包，另一些人准备了值钱的东西，

---

① Simonides，古希腊时代的抒情诗人。

② 古罗马人时代的“亚细亚”指的只是爱琴海东岸的一部分。

以便能维持生计。某个颇有好奇心的人问道：
“西摩尼得斯，你不从自己的财产中带走什么吗？”
“我的全部家当，”他说，“都在自己身上了。”当时
几乎没有几人游泳逃生，
因为大部分人都身负重物，他们沉入水里便生死覆灭了。
强盗来时又抢走了每一个人所救出的任何一件东西，
只留下赤条条的众人。凑巧的是，古城克拉佐美纳伊[①]
就在附近，经历船难的人来到了那座城。
那里有一位热衷文学
且经常阅读西摩尼得斯的诗歌
又对这位离家的诗人无限敬仰的人，
在西摩尼得斯本人说话时认出了他，就以极大的热情
将他领回了自己家里，还献上了衣服、铜钱、
家仆。其他的人则带着自己的书写板[②]，
行乞讨食。当西摩尼得斯偶然间

① Clazomenae，位于爱琴海东岸的城市。

② 西方古代一种用来书写和绘画的泥板。这里显然指的是在书写板上画出他们遭受海难的经历，以求博取同情。

看到他们时，便说道：“我曾说过我的
全部家当都在自己身上了，而你们却失去了仓皇带走的东西。”

24 临产的山丘

临产中的山丘发出巨大的呻吟声，
大地对它满心期待。
可那座山丘产下的却是一只老鼠。这则寓言是写给你的，
你嚷嚷着要干大事，却未成一事。

25　蚂蚁和苍蝇

这则小故事指出的是，无用之事一概不做。

蚂蚁和苍蝇正激烈辩论着，

谁更有价值。苍蝇首先开始说了这番话：

“你怎么能把你自己与高高在上的我们相提并论？”

我在祭坛间停歇，在众神的神庙间飞翔，

当祭品供奉出来时，我抢先一步尝到内脏的味道；

只要我觉得高兴就停在王的脑袋上，

就轻呷妇人们的纯洁之唇；

我没付出任何辛劳就享受着最好的事物。

你呢，乡巴佬，你有什么和这些相提并论的事？”

“与众神共餐确实是件充满荣耀的事，

不过针对的是受到邀请之物，而非遭受厌恶之物。

你频繁光顾祭坛？事实是只要你一落下就会遭到驱赶。

你高谈王和妇人的唇？

你竟然吹嘘起应该隐藏自己的羞耻心这档子事。

你不付出任何劳动？正因此，在你需要时，你什么都没有。

当我辛辛苦苦地为过冬储备粮食的时候，

我看到你在墙壁附近吃着屎，

当寒气让你畏缩并逼着你死去之时，

我却有塞得满满的屋子为我遮挡严寒。

你在夏天招惹招惹我，可到了冬季来临你便不发一语了。

显然，我已完全制伏了你的傲慢。”

这则小故事区分了下面两类人的特征：

一些人用虚假的长处装扮自己，

一些人的美德展现出实实在在的荣耀。

26　诗人

（西摩尼得斯如何被众神拯救）[①]

文学之艺在人类当中产生多大的用处，
我已在前面说过了，现在我将为后人记下
天界众神授予了它多么巨大的荣誉。
同样是那位我已提到过的西摩尼得斯，
他曾答应为某位常胜的拳击手写
一篇颂歌以换取一定的报酬，于是他前往了隐居地。
由于素材匮乏，激发不出灵感，
他按通常的做法动用了诗人的自由尺度

① 此行未见于拉丁网络图书馆版。

而引入了列达所生的双子星[①]，
称他们为拥有相同荣耀者的楷模。
作品得到了认同，不过他却得到了
三分之一的报酬。当他要求取得剩余部分的报酬时，
“占据三分之二赞颂篇幅的那两个人，”对方说道，“将付你报酬。
不过，为了不让大家以为你是在我的愤怒下被赶走的，
就请答应和我共进晚餐吧。今天，我打算

① 古希腊神话传说中的人物，即朱庇特和斯巴达王妃列达（Leda）所生的双胞胎孩子：卡斯托尔（Castor）和波吕克斯（Pollux），也就是我们熟知的双子星座。朱庇特曾化身天鹅与斯巴达王妃列达交欢，由此列达生下两枚鹅蛋，其中一枚生出了波吕克斯和海伦（Helen），另一枚生出了卡斯托尔和克丽泰梅丝特拉（Clytaemnestra），不过朱庇特认为第二枚蛋生出的孩子是列达和斯巴达王丁达勒斯（Tyndarus）所生，因此当属凡人，无权享有不死之身。卡斯托尔、波吕克斯这两兄弟曾与伊达斯（Idas）、林叩斯（Lynceus）两兄弟发生冲突，四人在扭打中，卡斯托尔被林叩斯一剑刺穿，倒地毙命。波吕克斯悲痛不已，便哀求朱庇特能将自己的不死之身转到卡斯托尔身上。于是，朱庇特允许卡斯托尔复生，两人隔日轮流在天界和冥界生活。据说，卡斯托尔擅长战术、驯马和骑术，而波吕克斯则善于格斗和拳击，兄弟俩的塑像常被罗马人摆放在竞技场边上。

邀请亲戚来我这里，你就和他们一起吧。”
受到欺骗的西摩尼得斯虽因损失而感到痛苦，
但为了免于被粗暴赶走而有损于人们对自己的仰慕，
他还是答应了下来，并在约定的时辰回来赴宴。
晚宴在觥筹交错中气氛显得轻松愉快，
乐器的洪亮声音回荡在充满快乐的屋子里，
突然间，两位身上沾有尘土同时又
流出好多汗的年轻人以一副比
人类的身体更大的身躯显现了出来，
他们吩咐一位男孩奴隶把西摩尼得斯叫到自己跟前，
还说他不得耽搁，必须立即过来。
那人在不安中通报了西摩尼得斯。
后者刚一迈出餐厅一步，
房顶就突然坍塌下来把其他人都压在了下面，
而在门口却未见到有任何年轻人。
当所述的事情经过被告知众人之后，
所有人都明白了，两位神明显身
是为了救诗人一命以作为报酬。

收场白

诗人对帕提库罗说

我可以讲述的内容现在还剩下许多，
而且种类丰富、内容繁多。
不过，有限的智言慧语令人开心，
一旦无限，则令人厌恶。只要拉丁文学仍保有其价值，
你的名将以我的著作被人流传下去。
因此，再崇高不过之人，帕提库罗啊，
你若不赞同我的天赋，那一定得赞同我的言简意赅——
这样的言简意赅应该受到多少不失偏颇的赞扬，
写长诗的诗人就该遭受多么猛烈的唾弃。

第五卷

开场白

仍是这个诗人

只要我欠伊索的，我都已经还给他了，
如果我再到处祭出伊索之名，
你就会明白，这是在利用他的名望，
正如我们时代的某些艺术家做的，
他们若是在自己造出的大理石塑像上加上普拉克西特列斯[①]之名，
在打磨过的银器上加上梅斯[②]之名，在画作上加上宙克西斯[③]之名，
就让新的作品提升了价格。
强烈的嫉妒致使对冒充古董之物的偏爱

① Praxiteles，公元前 4 世纪的雅典著名雕塑家。

② Mys，根据上下文，显然指的是古希腊时代的一位著名银器匠人。

③ Zeuxis，活跃于公元前 5 世纪末至前 4 世纪初的希腊世界的著名画家。

要远远胜过对当代的美好之物。

而现在我就被带到一则和这类事有关的小故事这边。

1 德米特里乌斯王和诗人米南德[①]

被称作法勒鲁姆人的德米特里乌斯王
曾以不当的方式把持了雅典的大权。[②]
百姓们如他们以往那般，一边四处奔走，争相追逐，

① 即法勒鲁姆（Phalerum）的德米特里乌斯（Demetrius），古代雅典的政治家，公元前317年—前307年间雅典的实际掌权者。米南德（Menander）是活跃于公元前4世纪末至前3世纪初的雅典著名的喜剧作家。德米特里乌斯和米南德都出自泰奥弗拉斯托斯（Theophrastus）的门下。

② 亚历山大大帝占领希腊全境之后继续向东开始了远征之途，在建立起地跨三大洲的庞大帝国之后便撒手人寰。由于他活着时未考虑和安排继承问题，所以他死后留下的权力真空无人能够填补，各地总督开始纷纷拥兵自立。在那种背景下，亚历山大大帝的将领安提帕特（Antipater）的长子卡桑德尔（Cassander）建立了马其顿的希腊王国，并直接统治起马其顿王国故地和希腊半岛全境。这位德米特里乌斯便是由卡桑德尔国王任命的雅典的最高统治者，所以这里才说他“以不当的方式把持了雅典的大权”。

一边大呼："万岁！"[1] 连那些地位最高的人都
在默默哀悼时运不济的同时
又亲吻起那只压迫他们的手。
另外那些隐退者和追求安逸生活之人
为了不使自己的缺席引来众怒，就悄悄尾随在后面。
其中就有著名的喜剧作家米南德——
德米特里乌斯在并不认识作者的情况下读过这些喜剧，
还对此人的天赋表示出了赞叹——
他抹了香油，拖着长长的衣袍，
以优雅而柔弱的步伐走了过来。
当僭主看到走在队伍末尾的这位剧作家时，就问道：
"那个胆敢在我眼前扮出下流之徒模样的人
究竟是谁？"近旁的人答道：
"此人乃作家米南德。"他立刻变换了口气
并说道："没有人能比他更好看了。"

① 原文"Feliciter！"即"Feliciter regnes！"直译过来为："愿汝秉承天命，统御国邦！"类似我们古代向帝王欢呼的"万岁"。

2 两个士兵和一个强盗

当两个士兵遇到一个强盗时，
其中一位士兵开溜而去，另一位则是站在那里
并用强健的右手保卫起了自己。
强盗被击倒后，那位胆小的同伴就追了上去，
他拔出剑，随后把斗篷脱了下来，
并说道：“把他交给我，现在我会努力让他明白
自己攻击的人是谁。”当时，那位曾力战到底的士兵说道：
“我真希望你刚才至少就用那些话给予我帮助，
我本该会更受鼓舞，同时对你的话信以为真。
现在，快收起你的武器，也快收起同样没有用处的舌头吧。
你可以欺骗对你不了解的其他人，
可我既然已发现你在逃跑时是多么的卖力，
也就知道依靠你的勇气该是多么不靠谱啊。”
这则故事应该用在那人身上，
他顺风顺水时变得勇敢，情况不明时准备逃跑。

3 秃子和苍蝇

苍蝇叮了一口秃子的光秃脑袋，

那人试图拍死它就给自己掴了一记重重的掌。

当时，那只苍蝇耻笑道：“一只小昆虫叮咬了一下，

你就巴望着弄死它来报仇。你已在伤害之外又做出了侮辱之举，

你还将对自己干什么呢？”

秃子回答道：“我轻而易举就能恢复自己的魅力，

因为我明白我本无意伤害我自己。

不过，对于你，以吸食人类之血为乐的

低贱种类，可悲生物，

即便会造成更大的不适，我都愿意将你除掉。”

这则事例教导大家，应对偶然犯错之人

加以宽恕。而对于蓄意犯罪之人，

我认为，对其施加任何惩罚都是名正言顺的。

THE BALD MAN & THE FLY
R H

4 驴和猪的大麦

当某人为了答谢神圣的赫拉克勒斯保佑了自己的健康，[①]
而向他献上一头猪作为还愿的祭品时，
他下令把剩下的大麦都放到驴那边。
可那头驴却对此摆出一副鄙视的样子并说了这样的话：
“如果这些食物喂养的那头东西不被宰杀的话，
我本来会直接快乐地享用它们的。”
对这则寓言进行思考之后，我得到了警示，
我始终都要避开带有危险的利益。
可你却说：“那些曾靠劫掠得到了财富的人还保有着财

① 古罗马人认为希腊神话中的大英雄赫拉克勒斯在完成第十项任务偷革律翁（Geryon）的牛群的时候，曾赶着牛群途径罗马，因而在帝国时代赫拉克勒斯成了罗马人最为崇敬的神祇之一，备受崇拜。在康茂德（Commodus）当政时，赫拉克勒斯之名就被加进了皇帝的名号，甚至连九月都被改称“赫拉克勒斯月”，可见罗马人对这位神明的崇敬至何等地步。

富呢。”

现在就让我们数数那些被抓住后身死陨灭的人吧，

你将发现受到惩罚的人数量更多。

莽撞给为数不多的人带来好处，却给很多人带来厄运。

5　小丑和农夫

芸芸众生往往因不正确的好恶而犯下错误，
正当他们为自己的错误进行辩解的时候，
则在一清二楚的事实面前不得不感到后悔起来。
某个准备举办庆典赛会[①]的有名富人
在承诺付出奖励的条件下向所有人发出了邀请，
以期有哪一位可以献演什么新奇玩意儿。
艺术家们为争夺赞誉前来献艺，

① 古罗马时期的庆典赛会分两种形式：竞技赛会（ludi circenses）和演出赛会（ludi scenici），前者指的是在圆形或椭圆形竞技场举行的竞技比赛，如赛车、角斗士比赛、狩猎比赛等，后者指的是各类舞台表演和喜剧演出。根据上下文，这里的庆典赛会当指演出赛会。古罗马时代每逢重要官员上任，通常都会自掏腰包举行庆典赛会，以博取民众支持。此外，有钱人在一些场合为赢得声望也会举办庆典赛会。

其中就有一位以机智的幽默而闻名的小丑[①]，
他说自己有一种还不曾在剧场[②]里
上演过的演出形式。
流言传出后，便在城里造成了反响。
不久前还空荡荡的座位现在容纳不下大批的人群。
可当他独自一人既无道具
又无一同演出之人，如此这般站到舞台上之后，
观众在一片寂静中对他充满了期待。
他突然弯腰把脑袋靠到了臀部，
然后再如此这般地用自己的声音模仿起了小猪的叫声，
以至于大家坚持认为他的裹袍里面有一头真的小猪
并要求他把衣服抖一抖。照做之后却

---

① scurra，古罗马时代一种凭借搞怪天赋愉悦众人的人，他们常出现在有名人物的宴席上，以活跃宾主气氛。

② 古罗马人观看演出的剧场通常是半圆形的，舞台在中间，观众席沿着弧形一侧排列。除去设有元首包厢的情况之外，剧场的观众席被分成三个区域：元老席（Orchestra）、骑士席（equestria）、大众席（popularia）。一般情况下，各个区域的席位都属相应等级者的专座，相互之间不得随意越界乱坐。

什么都没发现，于是人们立刻给予了诸多赞扬，
还对他报以再热烈不过的掌声。
一位农夫目睹了发生的事，便说道：
“他一定比不过我。”并当即宣布，
自己第二天会进行相同的表演，而且会演得更好。
观众的人数更多了。他们心中已然有了好恶。
你明白的，他们准备戏谑一番而非观看赛会。
两人双双登上了舞台。首先是小丑表演猪叫，
他博得了阵阵掌声，还让观众发出了声声喝彩。
然后农夫装作衣服底下藏了
一只小猪的样子——事实上他真的藏了只小猪，
只是没人发现，因为一开始他们就什么都没找到——
用力揪了揪那只被藏起来的真猪的耳朵，
一声因痛苦而发出的来自天性的叫声传了出来。
人们喊道，小丑模仿得更像一些，
从而要把农夫推出门外。
可那农夫却从怀里取出了一只真的小猪，
一边以确凿的证据证明了他们的可耻错误，一边说：
“瞧瞧，这头小猪清楚表明了你们是什么样的裁判！”

R·H

6 两个秃子

一个秃子无意间在三岔路口发现了一把梳子。
另一位头发一样稀疏的人走了过来。
后者说道："哎，无论得到什么都一起分享呗！"
对方展示了所获之物，并同时补充道：
"天界神明有意保佑我们，不过时运不济，
正如大家说的，我们找到了碳而非宝藏。"
抱怨适合出现在曾被希望蒙蔽的那个人身上。

7　吹笛者普林奇普斯[1]

当虚弱的心灵被毫无价值的名望占据
就得到了猛然膨胀起来的自信，
其愚蠢的轻浮很容易就招惹来耻笑。
有位叫普林奇普斯的吹笛者小有名气，
因为他往往与巴绪卢[2]一起登台献艺。
碰巧在一场庆典赛会上——我不太记得清是哪一场啦——
就在舞台上的活动装置被推走之际，他意外地
重重摔了下来，摔断了左侧的胫骨，

① Princeps，此处应是男子名。在拉丁语里这个词还有“头面人物”“首领”，或“元首”（罗马皇帝）的含义。

② Bathyllus，古罗马奥古斯都时代的舞者和默剧演员。

虽然他宁愿损失右手上的两根“骨笛”[1]。
大家用手将他扶起，他在不断呻吟中
回到了家。又过了数月，
他通过医治得以康复。
因为观众们本性善良，心肠也好，
他们开始期待这位习惯以吹笛
来燃起舞者热情的人能复出。
当时某个名人正要准备举办庆典赛会。
在普林奇普斯开始拄着拐杖行走的时候，
对方就以给予报酬为条件恳求他
在举办赛会的那一天能露一下面。
他一抵达现场，关于吹笛者的流言
就在剧场里散播了开来：一些人声称，他已死了；
一些人则说，他正准备立刻过来并出现在众人眼前。
帘幕打开后，随着雷声轰鸣，
“众神”按以往那般方式发表了讲话。

---

① tibia，在拉丁语里有“胫骨”和“骨笛”两种意思，骨笛通常有高音和低音一对。

随后，合唱队唱了一首对那位刚回来的人来说

并不知晓的歌，歌的词句如下：

开心吧，罗马，你安全了，因为元首[1]安然无恙。

大家起身鼓掌。吹笛者向大家致以了

飞吻，他认为自己的支持者是在向自己致敬。

一位骑士[2]等级者意识到了这位傻瓜犯下的错误，

他一边发出巨大的笑声一边吩咐再唱一遍。

于是那歌就又唱了一遍。我的主人公就在台上

深深叩了一下头。那位骑士一边鼓掌一边嘲笑他。

人民则以为这个人是在向合唱队求得宽恕。

可当实情被所有人发现之后，

---

① 此处“元首”（显然指罗马皇帝）一词与上文的人名“普林奇普斯”一词相同。因此，这里的吹笛者就错认为献给罗马皇帝的赞美是献给自己的。

② 古罗马的骑士相当于社会有产或富裕阶层，但拥有的财产数量及社会地位不及元老阶层。古罗马时代骑士和元老等级者都拥有戴金戒指的特权，骑士和元老等级在拥有财产数量上存在一定规定，且各个时代的具体数字不尽相同，但通常来说骑士等级的财产须多于四十万塞斯退斯，元老等级须多于一百万塞斯退斯。

这位普林奇普斯一只脚绑着雪白色的绷带，
身穿雪白色的短袖袍，脚上蹬的也是雪白色的鞋子，
正傲慢地享用献给神圣家族[①]的荣耀，
他就在一致认同之下被头冲外地丢出了大门。[②]

① 神圣的（divinus）一词在帝国时代通常被用来指称在世的皇帝。

② 在戴克里先皇帝（公元284年—305年在位）改革之前，罗马帝国表面上仍维持着共和体制，最高统治者名义上都必须经过元老院的批准和确认才具合法性，当时的最高统治者被称为princeps（元首或第一公民），与故事里的普林奇普斯之名无异，因而有人推测菲德鲁斯在寓言中暗讽的可能是曾登台献艺的尼禄。据史家记载，尼禄十分热衷于和乐师同台竞技，而且演出时非常认真、投入，甚至从不敢清嗓子，也不敢用手臂擦拭额头上的汗水。不过却也有个怪癖，在他演唱时他不许任何人以任何理由离开剧场，据说曾有位孕妇因此把孩子生在了剧场里。

8 时间

他以飞翔般的速度奔驰，同时又在刀锋边沿保持平衡，
他秃顶，前额有发，身体赤裸，
你若是抓住他，就拥有他了，他若一旦溜走，
即便朱庇特亲自出马都无法将其抓回，
这表示的便是事物的短暂时机。
为了不使拖沓的停顿阻碍大家付诸行动，
古人便塑造了如此这般的时间形象。

9 公牛和牛犊

一头公牛顶着犄角在狭窄的通道内艰难行进着，
差一点就没办法踏进畜栏，就在那种情况下，
一头牛犊向它展示自己是如何扭摆身体钻进来的。
公牛说："闭嘴吧，我在你出生前就知道这件事了。"
就让那位对更有学识者提出改正意见的人相信说的是他自己吧。

10 老狗和猎人

曾经面对所有野兽都动作迅疾，表现勇猛，
且一直都让主人非常满意的狗，
随着年纪渐大开始变得虚弱无力起来。
一次当它受命与一头长有鬃毛的野猪进行搏斗的时候，
它抓住了对方的一只耳朵，却因牙齿使不上劲
而让猎物从其嘴里逃走了。伤心的猎人
责备起狗来。这条上了年纪的拉哥尼亚[①]狗答复道：
“让你失望非我心意，而是我力不从心。
如果你怪罪现在的我们，就请赞美曾经的我们吧。”
我为什么写这则故事，菲勒图斯[②]，你看得明白。

---

① 拉哥尼亚为希腊伯罗奔尼撒半岛南部的一处地区名，著名城邦斯巴达就在这一片区域。

② Philetus，男子名。

佩罗蒂补遗[①]

1 猿和狐狸

齐啬之人甚至都不愿意让出他们不需要的东西

猿请狐狸给自己一截尾巴，
以便它可以体面地遮住光溜溜的屁股，
可那只心胸狭隘的狐狸这么对它说："即便尾巴变长了，
可与分一截给你相比，我仍能更快地托着它
穿过泥地和荆棘，何况它还短着呢。"

① 菲德鲁斯的寓言书前五卷初版于公元 1596 年。公元 18 世纪初，中世纪人文学者佩罗蒂（Perotti）大主教的抄本被世人发现，该版本包含有六十四篇寓言故事，其中的三十余篇之前尚不为人知。于是，后人通常就把这几篇寓言故事附在原先五卷正文之后，单独做成一卷佩罗蒂补遗（Appendix Perottina）。

2　创作者

关于读这本小书的人

我的缪斯在嬉戏中创造出的东西，无论好坏
奸邪之人和诚实之人全都奉上了赞美，
只是后者是发自内心的，而前者则在暗暗愤怒。

3 创作者

不该谋求过多的东西

如果大自然真就按我的决定来塑造
众生的话，那可真叫如虎添翼了。
因为它会赠予我们由溺爱生灵的命运女神
送给每一种动物的一切优势之处：
大象的力量，狮子的攻击力，
乌鸦的长寿，[①]野蛮公牛的荣耀感，
快马的驯顺，
另外再加上人类自己的智谋。
毫无疑问，天界里的朱庇特将暗自发笑，
因为正是他以高瞻远瞩的眼光否定了这种做法，
为的是防止我们胆大妄为地僭取世界的权柄。
于是，让我们带着由战无不胜的朱庇特给予的馈赠一起

① 罗马人认为乌鸦的寿命可达千年，关于此事请参见 Pero，26。实际情况是乌鸦的平均寿命通常情况下可达十五年左右。

安享命运分配给我们的时光，

而不是努力获取超出芸芸众生许可范围的东西。

4　墨丘利和两位妇人

换个寓言再说相同的事

一次，两位妇女抠抠唆唆地
招待墨丘利住进自己的屋子。
其中一人有一幼子，且尚在摇篮；
另一位则乐于通过卖淫牟利。
于是，为了对她们的招待给予相应的报答，
正准备离开的墨丘利一边迈步踏出门口，一边说道：
“你们看到的是神，我将立刻给予你们
各自想要的东西，无论是什么。”做母亲的恳求
能看到自己的孩子尽早长出胡子来；
那位荡妇则恳求无论什么，只要她碰过的都能跟着自己来。
墨丘利飞走了，两位妇女返回屋里。
看到婴儿一边哭了起来，一边长出了胡子。
当那位妓女正对这桩事进行大肆嘲笑之时，
她的鼻子突然就被鼻涕阻塞住了，就像这种事常常会发

生一样。

于是，为了让鼻子畅通起来，她用手抓住

并拽起了鼻子，将它拉得长长的，

这样一来，在她取笑她人的同时，自己也遭到了嘲笑。

5-6 普罗米修斯和多卢斯[①]

关于真理和谎言

新世代[②]的创造者普罗米修斯曾
以巧工之心造出了真理，
以便它能给人类送来权利作为回报。
突然，伟大的朱庇特派出的使者将他唤走，
他就把工作的地方托付给了新近接收
为学徒的爱骗人的多卢斯。
此人当时还有些时间，便在竞争心态的激励下
用巧手开始塑造起了另一尊面容相同、
身高一样、四肢也全都相似的塑像。
当这尊塑像被立起来后，几乎所有地方都是完美的，

① Dolus，从下文看这里应该是男子名，但这个词在拉丁语里本身就有“诡计”和“欺骗”的意思。

② saeculum，指的是“世纪”（古罗马人以 110 年为一世纪），也可以表示“同代出生的人”，以及“世界”。

只是用来塑造脚的泥土却被他用完了。
师傅回来后，多卢斯在慌乱和恐惧中
匆忙坐回自己的位置上。
普罗米修斯赞叹于这尊塑像和自己的那尊是那么的相像，
并情愿让它呈现一种出自己手的荣耀。
因此，他将这两尊塑像都丢进了窑炉，
当它们烧制成功并被注入了气息之后，
神圣的真理以端庄的步伐走了过来，
可那尊外表相似者却是停滞不前。
于是，这尊偷偷塑造出来的假像
就被唤作了谎言，而当人们宣称它
没有脚的时候我很快便对这种说法表示出赞同。
伪造之物在起初会时不时地给人们带来好处，
可从长远来看真理终究会显露出来的。

7 创作者

值得考虑的应当是背后的含义而非词句本身

伊克西翁[①]被绑在轮子上转来转去，这样一则故事说出来
教会我们，命运是一只被抛出的转轮。
西绪福斯[②]付出极其巨大的辛劳把石头
推上高山，而那块石头却总是从山巅滚落，
让他付出的辛劳化为泡影，
这描绘的是，人类的苦难是无穷无尽的。

---

① Ixion，希腊神话中的人物。曾因追求宙斯的妻子天后赫拉而被宙斯罚入地狱，并永远绑在一只燃烧着的转动的轮子上。

② Sisyphus，希腊神话中的人物，科林斯城的创建者，因狡猾机智闻名。他曾惹怒了冥王哈德斯而被罚在地狱中将一块大石头推上陡峭高山，可每次用尽全力快将石头推倒山顶时，都会从其手中滑落，掉回山底，于是他就需要永无止境地重复着推石头的劳动。

坦塔罗斯[1]虽站在河流中央却仍感到口渴，
贪婪之人由此得以描述出来，财富的享用之乐如流水般流淌在他们周围，可他们却完全触碰不到。
邪恶的达那伊德斯姐妹[2]往坛子里灌水，
而无法将破了洞的大水坛灌满，
无论什么，只要你耗费在奢靡生活上，都会消耗殆尽。

① Tantalus，希腊神话中的人物，乃宙斯之子。虽出身高贵，却充满了虚荣心和贪婪之欲。他杀死自己的儿子珀罗普斯（Pelops）来款待众神，以此试探众神是否知晓一切，他因此得罪了神祇，终被罚入地狱遭受折磨。

② Danaides，埃及法老之子、后来的阿耳戈斯国王达那俄斯（Danaus）的五十个女儿，他的孪生兄弟埃古普托斯（Aiguptus）有五十个儿子，他们追求达那俄斯的五十个女儿并来到了阿耳戈斯，强迫达那俄斯把女儿嫁给他们。达那俄斯假意答应他们，却暗中嘱咐自己的女儿在新婚之夜将自己的新郎杀死。最后唯有许珀耳涅斯特拉（Hypermnestra）不忍心向自己的郎君林叩斯下手，林叩斯最终杀死了达那俄斯和他的四十九个女儿，罚她们在地狱里永远往一只底部漏洞的坛子里灌水。

提堤俄斯[①]舒展开身体就达九尤格[②]之大，
重生的肝脏就让他承受着痛苦的惩罚，
此事指出的是，一个人占据的土地越大，
他就得承受更深的忧虑。
古代之风有意将真理包裹起来，
结果智者就理解得到，而粗野之人就会误入歧途。

① Tityus，希腊神话中的巨人，乃宙斯和凡人少女厄拉拉（Elara）偷情后所生，是一只身体生长极快的怪物。他因企图强奸哺育女神勒托（Leto）而被阿波罗和阿耳忒弥斯射死，死后被罚入地狱，永远遭受两头巨鹰啄食肝脏的痛苦。

② Iugerum，古罗马时代表示土地面积的单位。一尤格的土地长二百四十罗尺（约合七十一米），宽一百二十罗尺（约合三十五点五米）。

8 创作者

关于阿波罗的神谕

福玻斯，住在德尔斐那美丽的帕纳萨索斯山①上的福玻斯，
我恳求你，快说说，什么对我们是非常有用的。
神圣的女祭司②头发突然竖直了起来，
三脚凳晃动，神灵的低沉之音从神庙最深处传了出来，
月桂枝颤动，天色径自变暗。
在神灵的驱使下，德尔斐神谕宣布道：
“人类，听好，德尔斐的神告诫道：
要怀有虔敬之心，要对天界众神还愿；
要以武器保卫故乡、父母、孩子，

① 希腊中部的德尔斐（Delphi）北面的帕纳索斯山（Parnasus）有著名的德尔斐阿波罗神庙，为当时极其重要的神谕宣示所。

② 阿波罗神庙的祭司都是女性，这些女祭司同时也担负宣示神谕、做出预言的使命。

以及贞洁的妻子，要以铁[①]驱逐敌人；
要对朋友施以援手，要对不幸之人做出宽恕；
要与好人为伴，要与奸诈之人为敌；
要对过错进行责罚，要对不正派的人进行责骂，
要对因龌龊通奸而破坏婚姻之人进行惩处；
要留心恶人，不要过于信任任何人。”
道出这些之后，那位贞女[②]就在狂怒之中身死陨灭了，
是真的陷入狂怒，[③]因为她说的话没有起到效果。

① 指武器。

② 即女祭司。

③ 位于希腊半岛中部的德尔菲神庙是古希腊时代具神秘色彩的神谕宣示所之一。该神庙的祭司最初必须是年轻貌美的贞洁女子，可由于发生了女祭司与年轻男子私奔的可耻事件，所以后来德尔菲女祭司只选用五十岁以上的老妇人。据说，德尔菲的神谕宣示处有一道往外散发奇怪气味的地缝，女祭司则手持月桂枝，坐在铜质三角凳上，呼吸着从地缝冒出的奇怪气体，逐渐陷入癫狂状态，而她就是在这种状态下才能达到与阿波罗沟通的境界。有人认为，是地缝漫出的有毒气体致使女祭司产生幻觉，从而在无意识间道出含义不清的“神谕”，这里所说的狂怒状态便是此缘故。

9　伊索和作家

论自吹自擂的糟糕作家

某个人曾向伊索朗诵一些写得糟糕的作品，
在那期间，他不合时宜地大肆赞美起了自己。
于是，为了想弄明白这位老人对此有何想法，
他便说道：“我也许不该在你面前表现得更自豪的？
但鄙人对自己拥有天赋的自信一点都不虚假。”
那位对这部再糟糕不过的作品感到彻底受够了的伊索
说道：“我完全赞同你对自己的赞扬，
因为你将不会从别的地方再得到它了。”

10 庞培[1]和士兵

了解一个人会有多难

伟大的庞培手下一兵，身形巨硕，
而言语时却音调高扬，行走时步态轻盈，
便毫无疑问地得到了伪娘的声名。
晚上，此人埋伏等候将军的驮畜，
并将驮运衣物、金子，以及大量银子的骡
转移至他处。此举很快传遍了四处，
这位士兵遭到指控，被带到了将军的营帐。
当时，伟大的庞培说道："你要说什么呢？战友，你胆敢

① 即格涅乌斯·庞培·马尼乌斯（Gnaeus Pompeius Magnus），magnus 一词有"伟大"的含义，罗马共和国末期著名的政治家和军事家，曾与恺撒和雷必达（Lepidus）一起结成了赫赫有名的前三巨头同盟。后因同盟破裂而与恺撒一派决裂，遂在随后爆发的内战中被恺撒击败。

打劫我，是吗？”那士兵立刻往自己的
左手吐了口唾沫，然后边用手指把唾沫甩掉边说：
“统帅，如果我有看过或碰过你的财产，
就如此这般把我眼睛丢出去。”于是，心思单纯的伟人庞培
便下令把营地里的这个丢脸之徒给打发走，
他不相信这样的人能干出这种大胆之举。
没过多久，一位对自己的臂力怀有信心的
蛮族叫阵我们的人，要求进行一对一决斗。
每个人都怕让自己去应战，居于首位的将领开始嘟囔起来。
最后，这位穿戴女气却有马尔斯一般勇气的人
走到正坐在高台前的统帅面前，
轻声细气地问道：“允不允许我应战？”可伟大的庞培却
在愤怒中命人将他撵了出去，因为面对的可是残忍之事。
于是，元首朋友当中一位年纪颇大的人说道：
“把这个人暴露在命运的危险当中，而他不会带来什么大的损失，我断定这么做比派一位勇敢的人更好，
因为假如那位勇者不幸落败，就会让你遭受鲁莽行事的

指责。”
于是，伟大的庞培就同意并准许这位士兵
前去应战。在观战军队的一片惊讶之中，
他斩下了敌人的脑袋，斩落的速度比说的还要快，
然后他便得胜归来了。当时，庞培对此做出了评价：
“士兵，为你奉上桂冠我感到欣喜，
因为你已经维护了罗马大权的荣耀。
不过，”他一边模仿这位士兵的那种不体面的宣誓方式，
一边说道，
“要说不久前夺走我财产的不是你的话，
就如此这般地把我的眼睛丢出去吧。”

11 朱诺，维纳斯和母鸡

论妇女的欲望

当朱诺夸耀起自己贞洁的时候，
（她在众男神和众女神都在场时宣称，
一位女子只和一位男性结合，这样做更好。）[1]
维纳斯为了取乐并未做出否定，
只是宣称再也没有像她那样的人了，
据说维纳斯那时还曾向母鸡提了这样的问题：
“如果你不介意的话，就说说，要多少食物可以让你感到满足？”
母鸡答道：“假如你允许我用脚刨地找什么东西吃的话，无论你给什么，都会让我感到满足的。”
维纳斯说：“一摩第小麦让你别再刨地了，够不够呢？”
“当然啦，而且远远足够了，不过还请允许我刨地吧。”

① 此两行诗句未见于拉丁网络图书馆版本。

“你希望得到什么才能让你彻底不刨地？”

于是，那只母鸡终于承认了它天性上的缺陷：

“纵使为我打开谷仓，我仍会刨地的。”

据说，那时朱诺对维纳斯的这些玩笑话嘲讽了一番，因为竟用那只母鸡来暗指女人。

12　牛犊和老牛

如何把性子躁的年轻人驯服

一家之长有个性情残暴的儿子。
每当他离开父亲的视线，
就会受制于自己的年轻气盛
而出手狠揍起奴隶来。
于是，伊索便向那位上了年纪的一家之长简短讲述道：
“某人常把一头小牛和一头老牛束缚在同一个轭上。
当那头老牛一边拒不让自己与更强者的脖子束缚在一起，
一边因自己年老体弱而恳请原谅时，
农夫对它说道：‘你不必怕这个，
因为我没让你干活，而是让你驯服那头
用牛蹄和牛角把许多人弄残废了的牛。’
而至于你，若是不把那个男孩好好留在你身边，
并以你的慈悲来管束其野蛮天性的话，
就得小心，以免让家里生出更大的不睦。”
温和是制伏暴躁的解药。

13 伊索和体操比赛的获胜者

炫耀最终该被如何制伏

当弗里吉亚的智者伊索正巧看到
体操比赛的获胜者太过炫耀自己的时候，
便问对手是否比他
更雄健。他答道："你别说这种话，
我的体格要雄健得多。"
"所以，蠢货，"伊索说，"如果已然更强的你打败了更弱的人，
那么，有哪门子荣誉是你可以自豪地获得的？
若你说自己凭借技艺把一个体格比你好的人
给胜过了，那时你再吹嘘自己大家可就认了。"

14　来到里拉琴[1]旁的驴

拥有天赋者如何常常因时运不济而鲜为人知

驴看到草地上横放着一副里拉琴，
便走了上去，尝试用蹄子拨动琴弦。
琴弦一被碰到就发出了声响。“真是个好东西呀，
可终究没有好的结局，”它说，“因为我对艺术一窍不通。
假如较为精通此艺的人真能发现它的话，
就会以奏出神作来愉悦大家的耳朵了。”
如此这般，拥有天赋者常常因时运不济而鲜为人知。

① lyra，希腊、罗马时代较普遍的一种拨弦乐器，为七弦U形竖琴，为诗人创作诗歌、乐曲时的重要乐器。

15 寡妇和士兵[1]

妇女有多么朝三暮四、淫荡好色

某个女子失去了多年来一直珍爱着的
丈夫，并将他的尸体安放进了墓室。
而除了在墓室里哀号着度过生命之外
没有任何法子可以将她拽离丈夫身边，
她因此博得了贞洁烈女的光彩声名。
与此同时，一些人因劫掠过朱庇特的神庙
而被判犯有渎神之罪，并受到了钉十字架的刑罚。
为了防止有谁可以取下他们的遗体，
负责看守尸体的士兵被派了过去，
就驻守在那位妇女将自己隔绝起来的那处陵墓边上。
一次，守卫者中有一人在午夜时分感到口渴，
便向当时正巧在服侍自己女主人入睡的——

① 这篇故事与《萨蒂利孔》中的“以弗所的妇人”（Matrona Ephesi）相似，请参见 Petroni Satyricon， 111 ~ 112。下文所附即是汉译。

因为她已在灯下
一直守到很晚了——
女仆讨水喝。
门被开启一道小缝隙后，士兵往里打量着，
他看到一位容貌亮丽无比的女人。
他心中忽然就燃起了烈火而变得意乱情迷起来，
欲望逐渐升腾而起，以至于到了难以抑制的地步。
他的聪明才智想到了一千个理由
来借此解释自己会时不时地去看望这位寡妇。
经过日日交往之后，
她渐渐以越发恭顺的态度对待这位陌生人，
很快，一条更紧的绳子系住了她的心。
正当这位守卫以殷勤的态度度过一个个夜晚之际，
一具尸体被人从十字架上取走了。
士兵失魂落魄地向那位妇女说出了发生的事情。
可神圣的妇女却说："你不必为此害怕。"
她取来自己丈夫的尸体，将之绑上了十字架，
以便让那个士兵不会因自己的玩忽职守而遭受惩处。
丑恶行径就这样攻占了属于美誉的地盘。

附：佩特罗尼乌斯：《萨蒂利孔》，111 ～ 112

以弗所[①]的妇人

以弗所有一位妇人，她是如此贞洁以至于能引得附近居民中的妇女都前来仰慕。在失去了丈夫之后，她并不满足于在众人面前以袒胸、捶打的一般方式进行悼念，而是还要陪亡夫进入墓室并开始一边整日整夜地哭泣，一边守护以希腊方式安放在地下墓穴的遗体。无论她的父母还是亲人都没法劝阻她不要如此悲恸，不要不吃不喝但求一死。最后，劝她的地方官也无功而返，已经受到所有人同情的这样一个贞洁烈女已经绝食熬到了第五天。一个非常忠实的女仆陪在绝望的女人身边，当女主人哀悼时她也陪着流泪，只要墓穴中的油灯变暗，她就帮着添加新油。因此全城只传诵一个故事：各个阶层的人都承认曾经闪耀过的贞洁和爱情的榜样唯有这一个。

---

① Epheus，位于小亚细亚半岛爱琴海东岸的一座希腊古城。

与此同时，总督命令将土匪钉在一个十字架上，它靠近那间妇人正在哀悼新故丈夫的小灵屋。

次日夜里，有一个士兵看守十字架，以防止有人取下尸体加以安葬，那时他看到在墓群中有闪烁的亮光并听到有人在痛苦哀悼。出于人性的弱点他渴望知道是谁在做什么。他走下墓穴，看见那个美丽的贵妇，一开始他受到惊吓以为看见了鬼魂或是某个来自地狱的幽灵。随后他觉察到躺在那里的尸体和那张被泪水和指甲抓破的女人的脸，就意识到那个女人无法忍受失去逝者。然后他把自己的一点吃的东西送到墓室里，并开始劝说哀悼者不要一直坚持无用的悲悼，也不要一边痛苦一边捶打胸口，他说："每个人的下场都一样，最后的去处也都一样。"还说了其他一些用来安抚心碎灵魂并使之恢复健康的话。尽管这个女人被这位陌生人的安抚所触动，可她仍更猛烈地撕扯起胸脯，还扯下头发献给尸体。然而士兵没有放弃，反复说着同样的话并尝试给这位可怜的妇女一点儿吃的。直到女仆不免被酒的香味诱惑，首先把屈服的手伸向那个仁慈的劝说者。吃饱喝足后，女仆开始化解女主人的顽固，她说道："如果你因绝食致死，如果把自己活埋了，如果在命运召唤之前就无辜地咽了气，这对你有什么好处？你以为骨灰或入土的亡灵会听见这个吗？快苏醒过来吧！快挥去女性的错误，尽可能长久地去享受光亮的火花吧！躺着的亡夫本身也应该劝说你活下去。”当被催促要吃饭、要活下去的时候，没有人不愿意听。随后，那个妇女在经历了一些天的绝食之后，虚脱了，她眼睁睁地让决心遭到摧毁，用食物喂饱了自己，贪吃程度并不亚于先前就已投降的女仆。

另外，你们知道饱暖思淫欲。士兵用先前说服这个妇人活下去的同样的花言巧语来试图征服这个妇人的贞洁。在贞洁的妇女看来，这个年轻人既不难看又有口才，况且女仆总是帮他的忙，还说道：“当爱情令你快乐时你会反抗爱情？你难道不记得自己栖息在谁的土地上？”[1]我不必对事情遮遮掩掩。这个妇女不再抵抗了，士兵得胜并将她完全征服了。不仅那个晚上他们躺在一起共度良宵，而且第二天、第三天也如此；当然，他们

① 维吉尔的《埃涅阿斯纪》（*Vergili Aeneidos*），IV，38 ~ 39。

先把墓门关上，以至于每个来到墓室的认识或不认识的人都以为这个极其贞洁的妇女已经死在她男人的尸体上了。另外，这个士兵因妇女的美貌和私底下的畅快而感到快乐，他尽其所能地弄来东西，一到晚上就带进墓室。结果当那个被钉在十字架的人的父母看到警戒松懈时，在夜里取下挂在上面的尸体，并进行了葬礼。这个士兵疏于职守而被人钻空子，当他第二天看到十字架上没了尸体，便因惧怕惩罚而向妇人叙述了一切，他不愿意等待法官的裁决，而要用自己的剑来处罚自己的失职。因此请她给临终者提供一个地方，让家人和情人最后葬在一起。这个女人的仁慈不低于她的贞洁，她说："诸神不会允许我同时目睹我最亲爱的两个男人的葬礼。我宁可把死人挂上十字架，也不要杀掉一个活人。"根据这番话，她指令把丈夫的尸体从棺材里抬出来钉在那个空着的十字架上。那个士兵利用了这个女人足智多谋的天性，而次日，民众则对一个死人怎么能到十字架上感到了诧异。

16　两位追求者

幸运女神时常帮助那些陷入绝望的人

两位年轻人追求同一个姑娘。
富裕的那个在出身和外貌上都胜过了贫穷者。
当预定举行婚礼的那天来临之际，
那个充满爱意的穷小子因无法忍受自己的苦痛
而在伤心之际来到了附近的花园，
与那座花园相隔不远的地方便是那富人的漂亮庄园，
此刻正等着迎接离开母亲怀抱的新娘，
因为在罗马城里的宅邸看起来不够宽敞。
婚礼的队伍启程出发，人群蜂拥而来，

许门[①]执掌着婚姻之炬走在前头。[②]
当时，那头常给贫穷青年带来财利的驴
正站在大门口。
女孩那边的人便无意间雇了那头驴
来驮她行路，以免增加她娇贵的双脚的负担。
在维纳斯的垂怜之下，天空骤然
刮起了风，雷鸣声响彻寰宇，
还让如注的暴雨将黑夜变得艰难凶险。
在一道亮光映入眼帘的同时猛烈的冰雹
也落了下来，令参加婚礼的人全都陷入了惊恐，

---

① Hymenaeus，希腊神话里的婚礼神。

② 按照罗马人的传统，新娘在出嫁当天需身穿婚纱、头戴花冠、以亮黄色面纱遮脸，并由一名年轻男子以供奉女方家神的圣火点燃火炬，带领送亲队伍走向新郎家里。当他们到达新郎家时，迎亲的队伍需用新郎家的水和用供奉男方家神的圣火点燃的火炬进行迎接。最后，在伴娘把新娘送入新郎家门的时候，新娘需要说："ubi tu Gaius, ego Gaia."（你是盖乌斯，我就是盖亚。）这时，新郎需要回答："ubi tu Gaia, ego Gaius."（你是盖亚，我就是盖乌斯。）表示他们俩已是一家人。在这则故事里，送亲的队伍和打头的火炬便是古罗马人结婚的场面，不过新娘并未迈进新郎的家门。

还迫使他们奔逃了起来，人人都在为自己寻找藏身处。
那头驴进入了它所熟悉的临近花园作为遮蔽之所，
还用响亮的叫声宣布自己的到来。
男奴跑来，看到了这位漂亮的新娘，
他们感到吃惊，于是就通知了主人。
后者当时与几个伙伴一起躺在餐榻上，
正一杯杯地喝着酒以慰藉自己的爱意。
消息传来后，他恢复了喜悦之情，
并在巴库斯[1]和维纳斯的鼓励下和伙伴们的掌声中
继而完成了甜蜜的婚礼。
新娘父母通过传令者在寻找自己的女儿，
那位未来的未婚夫在失去新娘之后陷入了悲痛之中。
当人们开始了解发生了什么之后，
大家都对天界众神给予的帮助表示了赞同。

① Bacchus，罗马神话中的酒神，相当于希腊神话里的狄奥尼修斯（Dionysius）。

17　伊索和女主人

直言真相常常会是一件多么有害的事

当伊索在给一位丑陋的女人做奴隶的时候，

她曾耗费一整天来打扮自己，

她穿金戴银，披袍佩珠，

却仍未发现有谁想用手指碰她一下，

“我该不该冒昧说几句？”伊索说。“说吧。”“我觉得，

如果你摘下饰品的话，就能做成任何想做的事。”

“在你看来，我自己不用装扮就显得更加漂亮啦？”

“恰恰相反，如果你不把它们送掉的话，你的床架将得

到安宁。[1]”

“可你的身体将，”她答道，“得不到安宁。”

于是她命人杖打了这位多嘴的奴隶。

没过多久，盗贼偷走了一个只银箍。

① 意思是：晚上无法躺在床上安眠。

当那位妇人被告知贼已不见时，
她在盛怒中把所有人都唤了过来，并威胁他们，
如果不说出真相的话，就狠揍一顿。
“威胁其他人吧。”伊索说道，“夫人，你骗不到我的，
因为我不久前说了实话却遭到了责打。”

18　公鸡和抬肩舆的猫

人太过感到安全时，常常就有危险降临

公鸡让猫来抬自己的肩舆。

狐狸见它得意扬扬地被抬着出行，

便如此讲道：“我告诫你要提防落入圈套，

因为，如果你观察那些家伙的脸，

你就会得出结论，它们驮运的是战利品而非乘舆者。”

在一帮猫开始觉得饿之后，

它们就把主人撕成了碎片，并分配了尸块。

19　临产的母猪和狼

你在信赖一个人之前应该对其加以考验

当待产的母猪躺在地上呻吟的时候，
狼跑过来一边施以援手，一边说道，
自己能担负起稳婆之责。
可母猪早已知晓那位奸邪之徒的险恶用心，
便拒绝了这位行迹卑劣者的别有意图的服务，
“如果你退出很远的距离，”它说道，“这就足够了。”
要是母猪当时真把自己交付给狼的诡计的话，
它就得用同等的痛苦来哀悼自己的命运了。

20　伊索和逃走的奴隶

已然犯错，就该收手

当奴隶从天性残暴的主人那儿逃走时
恰遇到认识他的邻居伊索。
“你为什么慌慌张张的？”“老爹啊——
你理应被唤作这个名字——让我跟你明明白白地道来，
因为我可以安心把苦恼向你交代。
我受到过多的责打，却未得多少口粮。
我还时不时地被派往庄园，连路上的吃用都不给带。
如果主人在家用餐，我则整夜守候着他，
如果他被请去别人那里，我则躺在小路上直至天明。
我现在理应获得人身自由，却头顶白发仍在替人为奴。
假如我真知道自己有什么过错，
就会心平气和地接受这般待遇。我从未填饱过肚皮，
除此之外，还要很不幸地忍受主人的残暴对待。
出于上述这些以及其他一些讲述起来很费时间的原因，
我决定离开并去往双脚能到达的任何地方。”

“所以，”伊索说，“听着，根据你的叙述，
这些是你在没做错事的情况下遭受到的苦难。
可万一你犯下错了呢？你觉得自己将遭受何种苦难呢？”
奴隶出于上述告诫便不敢逃跑了。[1]

---

① 显然在希腊和罗马时代，奴隶普遍存在，奴隶逃亡也时常发生。奴隶的身份并不会因逃亡而被消灭，相反只要主人找到自己逃亡在外的奴隶，随时都能将其抓回。苏埃托尼乌斯曾提到，维特利乌斯（Vitellius）的奴隶兼男宠亚细亚提库斯（Asiaticus）因对主人感到厌烦而逃亡在外，随后维特利乌斯发现他已在普特奥利（Puteoli）做起了贩卖淡味酒醋的生意，便将他拷上脚镣抓了回来。

21　竞赛之马

无论发生什么都应泰然地接受下来

某人从赛马车队里偷走了一匹以多次赢得比赛

著称的名马，并把它卖给了磨坊。

当这匹马被牵出磨坊前去饮水的时候，

它看到自己的同伴正走向赛场，

准备投入受人欢迎的比赛当中展开角逐。

它一边落泪一边说道：“开心地去吧！

用比赛庆祝神圣的日子吧——虽然我不在了！

而我——盗贼的罪恶之手把我送到了这个地方——

将在这里哀悼厄运降临给自己的命运。”

22　饥饿的熊

饥饿磨炼动物的天赋

一旦熊在森林里缺乏食物，
它就会跑到布满石头的岸边，紧抓着石块，
把自己毛茸茸的腿一点点伸入水里，
一有螃蟹抓住其腿上的毛发，
它就跳到陆地上，同时甩掉海里的战利品，
于是聪明的熊便享用起了腿上各处收集来的美味佳肴。
所以，饥饿磨炼了天赋，即便是愚钝者。

23　旅人和渡鸦

人在许多场合往往被言辞所骗

某人沿着偏僻小路穿行在田野当中，
当他听到一声“你好”，便停留了片刻，
见那里没有一个人之后，他加快了脚步。
同样的招呼声再次从隐秘的地方传来。
在确信听到这声招呼的声音之后，他停了下来，
以期对方无论是谁，他都能给予相同的回敬。
他在困惑中左盼右顾，耽搁许久，
损失了再行数里路的时间，在那种情况下，
一只渡鸦出现，并在他头上盘旋，
不停叫着“你好”[1]。于是，当他明白过来自己是被玩弄了一番的时候，
“该死，”他说道，“可恶透顶的鸟，
你在我着急赶路时拦住了我的脚步。”

---

① 原文 ave，发音类似“阿维”，跟鸦叫声有点相近。

24　牧羊人和山羊

没有任何东西能被藏得那么好以至于不被发现

牧羊人用杖打断了山羊的羊角，
他开始请求它别把自己告到主人那里：
“虽然我被粗暴对待而受了伤，可我仍将保持沉默，
不过，事实本身将会宣告你犯下的过错。”

25 蛇和蜥蜴

当没有狮子皮的时候，就该穿上狐狸皮，这便是，

在缺乏力量的时候，就要利用狡诈

蛇偶然间从背后抓住了一条蜥蜴，

当它打算放开喉咙将其吞下的时候，

蜥蜴抓到附近落着的一根树枝，

把它横向死死咬住，

以此作为阻碍没让蛇用贪婪之嘴将自己一口吞下。

蛇吞食未成，就让猎物从嘴边逃走了。

26　乌鸦和绵羊

许多人欺负弱者、畏惧强者

令人憎恶的乌鸦停在了绵羊身上，
当后者并不情愿地驮了它很长时间之后
说道："要是你对长有利齿的狗做这种事，
你就会受到惩罚了。"那只极惹人厌的乌鸦回答道：
"我蔑视的是无还手之力者，但我向强者屈服，
我明白该欺负的是谁，也明白该用好话奉承的是谁。
因此我的寿命长达千年。"

27　苏格拉底和无能的奴隶

良心比任何咒骂都更有分量

当一位一无是处的奴隶在说苏格拉底的坏话时——
这个奴隶玷污了自己主人的妻子，
而那个苏格拉底发现，旁人已知道这桩事了——
苏格拉底说道：“你因为满足不该被满足的人让自己得到快乐，
不过却并非不受惩罚，因为应该满足的人你没满足到。”

28　兔子和农夫

许多人言辞真切，却怀有二心

兔子以迅疾的步伐从猎人那儿逃离开去，
当它正窜入灌木丛而被农夫看到时，它说道：
“我替你、替你的一切心愿向天界诸神祈祷，
农夫，别指出我在哪儿。我不曾对这片田地
做过任何坏事。”农夫说：“你别怕，
安安心心地藏起来吧。”猎人追来后问道：
“我问，农夫，兔子是不是到这里来了？”
“它来过，不过又从这里离开了，去的是左边。”
可他眼色示意的却是右边。猎人未发现什么，
便匆忙离开了视线。
随后，农夫说了这番话：“难道你不谢谢我
把你藏起来了？”“我完全不否认，向你的舌头
表达万分的谢意，真的非常感谢。
不过，至于你不诚实的眼睛，我希望你除掉它们。”

29　妓女和年轻人

许多东西在让我们开心的同时却又让我们烦恼

当狡诈的妓女诱骗一位年轻人，

而后者虽在许多方面多次受到她的伤害，

可仍轻易就让自己成了这位女子的牺牲品，

这位狡猾的女人说出了这番话："虽然大家都争相

送来礼品，可我想得最多的仍是你。"

年轻人一边回想起自己已数度被骗，

一边说道："我的光啊，[①] 听到这些话我很开心，

并非因为它们是真诚的，而是因为它们让我开心。"

---

① 原文"mea lux"。在拉丁语里"光"这个阴性词具有显著的象征意义，常暗指美好的事物，这里男子称心爱的女人为光，即是这个意思。

30　河狸

许多人如果为了活命起见而轻视财富的话，就能活下去

当河狸无法逃避狗的追逐的时候——
夸夸其谈的希腊人管它叫卡斯托尔[1]，
把一位神祇的名字献给了这种兽类，
他们还总吹嘘自己拥有丰富的词汇——
据称，它一口咬下并扔掉自己的睾丸，
因为它认为对方追逐自己是冲着这样东西来的。
我并不否认，此事借由神意促成，
因为猎人一发现他要的药材后，
就不再追逐那只河狸，并唤回了狗。[2]

---

① 即双子星座孪生兄弟卡斯托尔和波吕克斯中的一位。

② 在古代，河狸的睾丸据说是一种避孕药材，虽然它身体的其他部位（如狸肉、皮毛、香囊）也价值不菲。在这则寓言故事里，河狸为了保命而舍弃自己身体的一部分以使猎人在得到好处后停止追捕，由此教导大家破财免灾的道理。

如果人们能够下决心损失掉自己的
财产，他们接下来就能安然地活下去。
绝不会有谁对扒得精光的身体设下陷阱的。

31　蝴蝶和胡蜂[①]

应考虑的不是过去的命运，而是现在的

蝴蝶看到胡蜂在近旁飞，便说道：

“哦，命运多么不公啊！在那具躯体还活着时——

我们就是从那副残骸里得到了飞出的灵魂——

我在和平时能言善辩，在战斗时勇往直前，

同辈之间我对一切门类的艺术都是最为精通的。

看哪，现在我彻底沦为无足轻重之物，如尘屑一般飞来飞去。

而你曾是只绑着驮鞍的骡子，

现在，无论谁，只要你愿意，就可以用刺戳伤他。”

---

① 根据与灵魂转世相似的学说，菲德鲁斯认为生命体死后身体会变成不同形态的另一具生命体。在这则寓言里，他假设蝴蝶出自人身，而胡蜂则出自骡子之身。菲德鲁斯认为自己和胡蜂相近；他在过去曾遭人蔑视，可现在却在其讽刺作品中带着尖刺。——英译者注

可胡蜂却道出了值得铭记的话语：

“不要看我们的过去，而要看我们的现在。”[①]

---

① 众生死后毁坏的只是肉体，其灵魂会进入另一具躯体继续活着。这一灵魂转世的观念并不只存在于东方的哲学世界里，古希腊哲学家毕达哥拉斯也主张这一观点，其最出名的例子便是从一条狗的身上听见了自己已故朋友的灵魂。在这则故事里，我们看到一位原本勇武、高贵的人死后变成了一只蝴蝶，而一头弱小、卑微的骡子却变成了一只胡蜂，以此教导人们应舍弃过去，珍惜当下。译者推测，菲德鲁斯这里依据的很有可能就是毕达哥拉斯的灵魂转世说。

32 “陆莺”和狐狸

不该相信小人

一只农夫称之为“陆莺”的鸟——
因为显然它是在陆地上筑巢的——
突然遇到了臭名昭著的小狐狸，
它一看到狐狸就扇动翅膀飞得更高了。
“你好，”狐狸说道，“请告诉我，你为什么躲着我?
就像我在草原上的食物不够多一样，
蟋蟀、金龟子、蝗虫有很多。
你无须害怕什么，因为你平和的秉性以及
正直的生活方式，我对你颇有好感。”
善于鸣叫的鸟儿答道：“你说的确实好听，
在地上我和你并不平等，在空中才平等。
为什么不来我这边呢，我在这儿把自己的安危托付给
你。”

译后记

只要我欠伊索的，我都已经还给他了。

——菲德鲁斯

伊索是生活在公元前 6 世纪上半叶的希腊寓言家。关于他的出生地和生平事迹，各家说法不一。其中较为一致的说法是：他曾在萨莫斯岛（Samos）上替人为奴，主人起先是克桑图斯（Xanthus），随后是雅德蒙（Iadmon）。他最后应该获得了人身自由，并死于德尔菲。作为一名奴隶和被释奴，他的生平并无多少特别之处，甚至本来连名都不会传世至今的，而在 2500 余年间，让世人铭记他的就是他创作出的那些发人深省的寓言故事。[①]

伊索至少在希罗多德和亚里士多德生活的时代（公元前 5 世纪后半叶）就已因他的寓言故事而名扬四方了。可惜的是，这些故事最初仅限于口头流传而都没有被书写

① 也有学者认为，伊索寓言的素材和原形有可能是当时流传于希腊的印度民间故事，并非由伊索创作。请参见哈罗德 · N. 福勒：《罗马文学史》，大象出版社，2013 年，第 190 页。

下来，而目前可见的首部伊索寓言传世之作仅能追溯到公元 1 世纪的罗马帝国时代（与伊索生活的年代相隔近 600 年之久），作者便是同样是被释奴之身的菲德鲁斯。只不过菲德鲁斯用的是拉丁语而非希腊语，而且从字里行间可以看出，他对希腊人的语言颇为不屑，比如：

夸夸其谈的希腊人管它叫卡斯托尔，
把一位神祇的名字献给了这种兽类，
他们还总吹嘘自己拥有丰富的词汇。[①]

虽然后世仍不断有其他作家记载下伊索寓言并传世至今，以至我们目前所知的冠伊索之名的故事已达 4000 则之多，但作为首部传世的作品，菲德鲁斯在古典文学中的地位和重要性不言而喻。

菲德鲁斯的生平事迹同样似隐没在迷雾中一般，世人知之甚少。不过根据他在作品里的自述，我们可以推

① 请参见 Pero，30。

测他出生在希腊北部色雷斯地区的皮埃里亚山，[①]而根据作品署名，也可知道他曾是奥古斯都的被释奴。另外，他在作品里提到了元首提比略，[②]也直述了因为自己的寓言诗而得罪了提比略当政时一人之下万人之上的塞雅努斯，[③]虽然他没提到，我们无从判断是否是因为这些诗歌，更不清楚到底是何缘故。但至少我们可以推定，这些诗歌的创作年代显然应当是在提比略当政或塞雅努斯得势之后，也就是公元30年之后的1世纪上半叶，而这也应该是菲德鲁斯的生活年代，这一观点应无争议。此外，还有两处地方需要大家注意：在第三卷开场白里，菲德鲁斯提到了尤提库斯这个人，学者普遍认为此人很可能是卡里古拉当政末期的著名赛车手。[④]第五卷第七篇故事讽刺了一位名叫普林奇普斯的吹笛者，由于其人名与罗马皇帝的“元首”称号相同，而尼禄却是一位非常热衷

① 请参见III，Prologus。

② 请参见II，5。

③ 请参见III，Prologus。

④ 请参见哈罗德·N. 福勒：《罗马文学史》，第191页。

于登台献艺的元首，因而有学者猜测菲德鲁斯此处隐射的是尼禄，虽然我并不认同这种观点。[①] 所以，菲德鲁斯

① 请参见王焕生：《古罗马文学史》，中央编译出版社，2008年，第351页。但是，关于上述诗篇中的吹笛手乃隐射尼禄一说，译者保留不同的看法。因为根据现存史料记载，尼禄热衷的音乐演出形式是西塔拉琴而非笛子。关于这一点请参见苏埃托尼乌斯的《尼禄传》（Suetoni Vita Neronis），XII，3："[尼禄]下到主宾席和全体元老中间，并接受拉丁语演说和诗歌的桂冠，这顶桂冠曾是每一位再尊贵不过之人都力图争夺的，[后来]在他们一致赞同下被授给了他本人，而当裁判员把演奏西塔拉琴的桂冠也颁给他时，他却在鞠躬之后下令将之摆放在奥古斯都的塑像前。"上引书，XXI，1："于是[尼禄]就毫不犹豫地下令把自己的名字列入了参加比赛的西塔拉琴奏唱师的名单，还把自己名签与其他人的一起投进了瓮里，轮到他出场时，他登上台去，一边有近卫军长官提着西塔拉琴，身后是军事保民官，身旁是最亲密的好友。"上引书，XLI，1："不过，没有哪件事比抨击他是个糟糕的西塔拉琴奏唱师并管他叫阿埃诺巴尔布斯（Ahenobarbus）而非尼禄更让他受到伤害了。他宣布，自己在放弃那个继承来的族名之后将重新采用这个被用来对他加以辱骂的族名，为了证明其他指责也是假的，他只拿出如下证据加以驳斥，即他受到嘲讽并被骂技艺不精的那门艺术他曾全心投入其中且已臻于完美了，他一个劲地逐一询问大家，是否知道有哪个人能超过他。"尤特罗庇乌斯的《罗马国史大纲》（*Eutropi Breviarium ab Urbe Condita*），VII，14："到了最后，[尼禄]竟如此无耻地卖弄自己的才能，以至于在舞台上他穿着西塔拉琴歌手或悲剧演员的服装又唱又跳。"

的生活与创作年代有可能一直延续到卡里古拉统治时期，甚至卡里古拉之后的克劳狄乌斯和尼禄当政的时代。

传世的菲德鲁斯作品主要见于两种属于公元9—10世纪的抄本，第一种抄本首次付梓于1596年，第二种抄本本身曾于1774年被焚，但传下复抄本。[①] 在那之后的多年间都只有五卷本99篇诗歌（其中有两篇大部分内容现存版本只见散文体[②]）为世人所见，直到1808年出版的新版首次将属于15世纪的佩罗蒂抄本中新发现的31篇当时尚不为人知的故事加在书后作为补遗。因此，目前可见的版本加上佩罗蒂补遗一共有130篇诗歌。这便是这本书目前的规模，但可以确定，一定还有散失的部分。因为菲德鲁斯在第一卷开场白里曾提到过“正所谓除了野兽连树木也开口出声了”，但我们在现存第一卷甚至整部著作里都没见到有“树木开口出声”的情节。[③] 此外第二卷、第三卷、第四卷都有开场白和收场

① 请参见王焕生：《古罗马文学史》，第351页。

② 即IV，13～14。

③ 请参见王焕生：《古罗马文学史》，第351页。

白，可第一卷和第五卷只有开场白，却没有收场白，如果考虑到菲德鲁斯在写第一卷时对作品结构的构思并不成熟，那至少第五卷应该留下收场白才符合逻辑，所以我推断第五卷本身就已不全。再有，第二卷和第五卷的规模与其他几卷相比过于短促，亦着实令人生疑。当然，至于菲德鲁斯原作规模究竟有多少篇，目前已无法做出可靠的判断，只能留待有兴趣的朋友可以继续探究。

至于这些寓言诗在多大程度上保留了伊索寓言最初的风貌，译者需要提醒读者留意，菲德鲁斯在一开始就提道：

> 作家伊索创作了这些素材，
> 而我则把它们变成了诗行。[1]

从这一表述来看，菲德鲁斯的寓言诗部分在内容上本应和他那个时代听到的伊索寓言相差无几。不过，我们又很容易就发现，虽然这些故事里有相当一部分都

---

① 请参见 I，Prologus。

是以拟人化的动物为角色的，即所谓具有显著的伊索风格，而且多则寓言故事出现的角色显然是在含蓄影射作者同时代的人或事，但仍有一部分出现的人物却是直书其名的罗马历史上的真实人物，譬如：提比略[①]、奥古斯都[②]、巴绪卢[③]、庞培[④]等，显然伊索是不可能创作出这些与其生活时代不符的故事的。所以，菲德鲁斯的寓言故事里一定夹杂有一些他自己创作的内容。当然，这样的结论我们也可以从他的自叙部分找到佐证，例如：

> 我理当用尽一切方法保留那个老人的风格。
> 不过，如果我乐意插入什么其他故事的话——
> 以便不同类型的叙述能令心情感到愉悦——
> 如果言简意赅能对此加以弥补，
> 我希望读者您能取其善者而从之。[⑤]

---

① 请参见 II，5。

② 请参见 III，10。

③ 请参见 V，7。

④ 请参见 Pero，10。

⑤ 请参见 II，Prologus。

或者：

我开辟了大道以取代那位伊索开辟的小径，
与他留传下来的相比我构思出了更多的寓言，
甚至我挑选的某些寓言会给我带来不幸。[①]

再有：

为此，帕提库罗，鉴于你对寓言有兴趣——
我称这些寓言为伊索式的，而非伊索的，
因为对方发表的不多，而我写成的则有更多，
虽用的是古老的形式，但写的却是新的事物——
就请有空的时候读读这第四卷小书吧。[②]

以及：

这部作品无论是愚蠢之作还是值得赞扬之作，

① 请参见，III，Prologus。

② 请参见 IV，Prologus。

那位伊索创造了它，而经鄙人之手它得以完成。[①]

在内容上，还有一点也请大家注意，对于佩罗蒂补遗中的《寡妇与士兵》这则故事，我在尼禄时代的佩特罗尼乌斯的小说作品《萨蒂利孔》里也读到过相同的情节，而且内容更加具体、更加丰富，甚至还补充了故事发生的具体地点。所以，无论菲德鲁斯还是佩特罗尼乌斯都不应是这则故事的创作者，他们更像是在各自转述一则当时广为流传的民间故事。当然，我无法在一篇译后记里继续展开这一论述，有兴趣的朋友可以继续对比两篇故事，不过无须怀疑的是，这对于我们在确定菲德鲁斯的故事取材方面无疑又开启了另一扇大门。

关于这本书的翻译，我有两点需要特别说明。首先，为了更形象地展现出原文所呈现的诗歌形式，我在译文里也采用了诗歌分行的形式。但由于拉丁文诗歌的特殊性，我无法做到译文与原文的逐行对应，此处可举一实例具体说明其中究竟难在哪里：

① 请参见 IV，22。

Vulpes cubile fodiens dum terram eruit
agitque pluris altius cuniculos,
pervenit ad draconis speluncam ultimam,
custodiebat qui thesauros abditos.①

我们知道拉丁语没有固定的语序，上述诗句原文若按一一对应的关系逐词翻译过来，便是如下形式：

［一只］狐狸床榻挖筑，正当土地它刨出
和挖出更大更深的洞穴时，
它抵达了龙的洞窟极远处的，
它正镇守着此物宝藏秘密的。

上述译文虽做到了所谓逐词逐句的直译，但我相信其仿若天书般的文意应无人能读懂，所以我需要对译文的字词和词序进行必要的调整，有时甚至调整的幅度会很大。譬如上述诗行在调整之后就变成了：

---

① 请参见 IV，21。

一只狐狸在打洞筑窝，正当它刨出泥土，
挖出更大更深的洞穴之时，
它挖到了极远处
镇守着秘密宝藏的龙的洞窟。

对于译文的分行无法逐一对应到原文这一遗憾，我实在想不出有什么更好的方法可以解决，因为在保证译文准确的基础上做到通顺和易懂是我始终秉持的原则，而且我也相信翻译存在的价值仅在于向更多无法读懂原著的读者介绍别国作家的作品，让读者读懂或许当高于逐词逐句地照搬原文。

其次，拉丁语绝大多数的人物和动物名词都是区分性别的。譬如《狼和羔羊》这则故事里的“狼”和“羔羊”两个词都是阳性的，而最后一则故事《“陆莺”和狐狸》里提到的所谓小狐狸则是阴性的。所以，严格翻译出来的话，它们应该是“公狼”“公羔羊”和“小母狐狸”。拉丁语里的这类有点严苛的语法特征在我们中国人看来或许有些令人费解，但在罗马人看来我相信这是再自然不过的了。所以，对于这种情况，我便尊重不同文化背景者的各自习惯，在译文里将表示阴阳特征的词省去，只在上下文刻意强调的时候才会选择保留，比如在下文提到产子这类的情况。

我最初接触菲德鲁斯的寓言诗是在差不多十年前的拉丁语课堂上，老师白思凡（Stefano Benedetti）先生曾将《狼和羔羊》一篇当作识读课文与大家一同分享，当时我只觉得用六步抑扬格[①]写下寓言诗是件颇为神奇的事，便渴望能读到这本书的其他诗歌。在那之后不久，我就陆陆续续将第一卷的32篇诗文全部翻译了出来，当然是边读边译的方式。不过，后来鉴于我的翻译工作

① 如果诗歌的音步是由一个轻读音节（在前）搭配一个重读音节（在后）组成的，我们称之为抑扬格。至于如何判断拉丁语的重读音节，这个比较复杂，在拉丁语里单词的音节根据元音可分为长音和短音，排除词尾发生变化的情况，笼统来说：如果一个单词由两个音节构成，则通常重读倒数第二音节；如果一个单词由三个或三个以上音节构成，而倒数第二音节是长音节（指长音节而非长元音），则仍重读倒数第二音节；若一个单词由三个或三个以上音节构成，而倒数第二音节是短音节，则就重读倒数第三音节。——具体请参见：Learn to Read Latin by Andrew Keller and Stephanie Russell, Yale University Press, 2003, pp 7 ~ 8。

只是所谓的业余副业，大部分时间仍需忙于其他事务，所以有相当长的一段时间我没再继续翻译下去。直到去年秋天我得知编辑顾学云老师正在着手策划一套旨在介绍海外优秀文学和历史著作的丛书，于是就抱着尝试的心态将手上这本寓言集的第一卷译文发给了她，最终竟促成了这本书的出版。在此要特别向这两位良师益友表示感谢，相信没有他们的帮助，是不会有这本书的出版的。

对于西方流传最为久远的寓言故事，其内容本身和重要性自然无须我再多言。其中多则故事不仅在西方，甚至在国内仍属广为流传之作，例如，《叼肉涉水的狗》《狐狸和乌鸦》《老狗和猎人》，以及常被我们称为“农夫与蛇”的《对慈悲之人有害的蛇》，和作为“酸葡萄效应”一词出处的《关于狐狸和葡萄》。这些寓言故事角色特征鲜明，表达的主旨大多是教授为人处世的原则，现在读来仍颇为受益，加之菲德鲁斯的拉丁语用笔工整而又不失修辞，从中人们既能欣赏到诗歌的优美韵律，又能感受出叙事文的缜密线索，正因为如此，这部拉丁语的伊索寓言才能传世至今，而这也是我翻译这本书的最大动力。当然，作为资历尚浅的“八零后”译者，本身并非专业领域的专家，之前又仅翻译过数量极少的几部历史著作，面对拥有辉煌历史的拉丁语，我自知穷尽一生都难以窥其一山一隅，更何况是翻译成极不相同且历史更为久远的汉语。译文当中存在不尽人意之处在所难免，还请各位读者多加批评指正，译者在此先行拜谢。

谢品巍

2018 年 1 月

图书在版编目（CIP）数据

罗马人的伊索寓言 /（古罗马）菲德鲁斯著；谢品巍译 .—北京：北京理工大学出版社，2018.12

ISBN 978-7-5682-6408-2

Ⅰ . ①罗… Ⅱ . ①菲… ②谢… Ⅲ . ①寓言－作品集－古罗马 Ⅳ . ① I546.74

中国版本图书馆 CIP 数据核字（2018）第 231869 号

出版发行 / 北京理工大学出版社有限责任公司
社　　址 / 北京市海淀区中关村南大街 5 号
邮　　编 / 100081
电　　话 /（010）68914775（总编室）
（010）82562903（教材售后服务热线）
（010）68948351（其他图书服务热线）
网　　址 / http://www.bitpress.com.cn
经　　销 / 全国各地新华书店
印　　刷 / 北京富达印务有限公司
开　　本 / 787 毫米 ×1092 毫米　1/32
印　　张 / 9
字　　数 / 117 千字
版　　次 / 2018 年 12 月第 1 版　2018 年 12 月第 1 次印刷
定　　价 / 58.00 元

责任编辑 / 顾学云
文案编辑 / 朱　喜
责任校对 / 朱　喜
责任印制 / 李志强

图书出现印装质量问题，请拨打售后服务热线，本社负责调换